W0048557

Julia Adrian

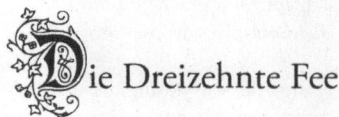

Die Dreizehnte Fee

DRACHENMOND VERLAG

© 2019 by

Drachenmond Verlag GmbH
Auf der Weide 6
50354 Hürth
http: www.drachenmond.de
E-Mail: info@drachenmond.de

Satz, Layout, Bildbearbeitung: Astrid Behrendt
Lektorat, Korrektorat: Michael Lohmann, worttaten.de
Bildmaterial:
Hintergrundmuster: lolloj / shutterstock.com
Brombeeren: Guzel Studio / shutterstock.com
Blätter und Ranken: Kopainski Artwork
Coverdesign:
Alexander Kopainski, www.kopainski.com
Illustrationen: Svenja Jarisch
Zitat/Gute Nacht Lied: Clemens Brentano
Druck: Booksfactory

Drachenmond Verlag
ISBN 978-3-95991-131-3
© 2015 by Drachenmond Verlag

Alle Rechte vorbehalten

Für Petros

Du bist der Grund, warum es dieses Buch gibt,
dieses Märchen über Schuld und Unschuld.
»Warum ist die Hexe bei Hänsel und Gretel böse?«
Eine Frage.
Hier die Antwort.
Vielleicht.
Vertraue deinem Herzen.
Es ist nicht alles so,
wie es auf den ersten Blick scheint.

nhalt

rolog

Ich komme zu spät. Ich weiß es.

Die Erde fliegt unter meinen Füßen dahin. Ich berühre sie kaum, achte nicht auf meinen Tritt. *Vorwärts*, ist alles, was ich denken kann. *Vorwärts*. Und meine Füße tragen mich schnell und doch nicht schnell genug.

Dreh um, hallt es in meinem Kopf, *du willst das nicht sehen.*

Ich muss. Ich habe keine Wahl.

So ist die Liebe. Sie bindet, sie bindet mich und ich kann nicht anders, als dem Schrecken entgegenzulaufen. Ich weiß, was mich erwartet und dennoch kann ich nicht aufhören zu hoffen.

Bitte, bitte, habe sie verschont!

Ich beiße die Zähne zusammen, würge den Schrei hinunter. Nur die Tränen kann ich nicht aufhalten.

Du wolltest lieben. Liebe bedeutet Leid. Hast du das denn immer noch nicht begriffen?

Nein! Ich schließe die Augen, lasse mich tragen über die Wiesen. Und alles, was ich sehe, ist ihr Gesicht und es brennt in mir. Alles brennt. Nur nicht sie!

Sie ist ein Mensch. Unbedeutend.

Sie ist alles.

Die Königin in mir lacht, aber sie lacht leise und ich spüre, dass auch sie leidet.

Liebe, höhnt sie und dann verstummt sie. Denn ich stehe am Hang und blicke hinab auf das Tal. Ich blicke hinab auf den Tod.

Ich habe sie verloren.

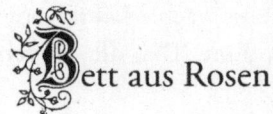 Bett aus Rosen

Es war einmal – so beginnen die Märchen und so begann auch mein Leben. Und es hätte tatsächlich ein Märchen werden können, doch das ist lange, lange her. So lange, dass sich die Jahre zu Staub verwandelten, zu Bruchstücken einer sich selbst vergessenden Zeit. Und nicht einmal ich kann sagen, wann mein erstes *Es war einmal* seinen Anfang fand.

Ich atme. Ich lebe. Zum zweiten Mal.

Während ich keuchend die süße, unheilschwangere Luft einsauge, mein Herz in wilder, neu erwachter Energie pumpt, ahne ich, dass sich alles verändert hat, und begreife doch nicht was. Meine Lippen prickeln wie in Erinnerung an einen zärtlichen Kuss. Ich fasse mit meinen Händen in die steifen Laken, fühle den rauen Stoff unter meinen Fingerkuppen zu Staub zerfallen.

Ich schlage die Augen auf und sehe doch nichts. Aber ich fühle, dass da jemand ist, bei mir. Ich höre den Atem, das nervöse Zucken von Wimpern. Ich rieche Schweiß: Angst, Erregung und Erschöpfung.

Fremde Hände greifen nach mir, berühren mich. Etwas zerbröselt. Bestürzt stelle ich fest, dass es mein Kleid ist. Ich balle die Finger zur Faust, erwarte die Hitze der Magie – doch meine Hand bleibt leer.

Das Bett schwankt unter dem Gewicht des Fremden. Ich öffne die Hand und rufe erneut nach meiner Macht – nichts geschieht. Nur die Finger fassen mich an, schüren meine Verwirrung und meinen Zorn.

»Verflucht.«

Stille.

Dann: »O Gott, sie ist wach!« Lauter: »Sie ist wach!«

Hallende Schritte. Eine Tür, die aufgerissen wird. Frische Luft.

»Was sagst du? Sie ist wach? Was machst du da?«

»Ich dachte, weil sie doch nur so da liegt ... ich glaubte, es würde niemanden stören!«

»Hast du sie geküsst?«

»Nein, ich meine ja ...«

Ein Schwert wird zischend aus der Scheide gezogen. Ich kenne das Geräusch. Ich blinzele, kämpfe gegen die gleißende Helle, gegen das Gefühl der Ohnmacht. Nur langsam kehrt die Kraft zurück. Ich muss lange geschlafen haben. Zu lange. Etwas stimmt nicht. Etwas ist ganz und gar falsch.

»Wieso ist sie nackt?«

»Ich naja ... ich ... ich habe nur ...«

»Was hast du getan?«

»Beim Fluch der Eishexe! Ich wollte sie nur einmal berühren. Aber das Kleid, das Kleid, es zerfiel einfach!« Die Worte überschlagen sich fast. Es schmerzt in meinen Ohren.

»Du hast die Schlafende erweckt. Ich hatte befohlen, sie nicht anzufassen.«

»Ich dachte ... ich meine ...«

»Wie lange?« Ich unterbreche den Streit. Meine Stimme klingt so sanft wie die einer neugeborenen Elfe, nicht wie die der uralten Frau, die ich fürchte zu sein.

»Wie lange?« Ich wiederhole die Frage und kann endlich Schemen ausmachen. Vage Umrisse, von vier oder fünf Gestalten. *Menschen.* Ein gutes Zeichen, wenn es noch Menschen gibt. Dann hat die Welt sich nicht allzu oft gedreht.

»Wie lange was?«, fragt der Mann mit der unerträglichen Stimme. Blonde Haare, helle Haut.

»Wie lange habe ich geschlafen?«, frage ich.

Schweigen.

Und in dem Schweigen kommt mir die Erinnerung an die letzten Momente, kurz bevor der Zauber seine Wirkung tat.

Und ich begreife die entsetzliche Wahrheit: Sie haben mich betrogen!

Eiskalter Hass brennt in mir, flammt durch meine Adern. Ich hebe den Arm, drehe die Hand. Das Zeichen auf dem Handgelenk brennt schwarz wie eh und je.

Ein verlogenes Symbol!

»Sie ist eine Hexe«, knurrt der Zweite. Der Blonde kreischt, er weicht zurück. Noch mehr Schwerter zischen. Eines legt sich an meinen Hals, kühl und scharf. Endlich klärt sich mein Blick und ich löse die Gedanken von der Vergangenheit. Ich sehe von dem tödlichen Stahl auf meiner Kehle hinauf in die schwarzen Augen eines dunkelhaarigen Mannes.

»Unser Dornröschen ist eine Hexe«, murmelt er und hebt mein Kinn mit der Spitze des Schwertes.

Fünf Männer stehen im Raum. Drei von ihnen scheinen Soldaten eines Reiches zu sein, dessen Wappen mir unbekannt ist: eine goldene Schlange auf blauem Grund. Der Blonde ist ein Edelmann, ein Prinz. Falls es noch Prinzen gibt und Königreiche.

Der fünfte und letzte Mann jedoch ist mir ein Rätsel. Er ist anders – er riecht anders.

»Was seid Ihr?«, frage ich.

Er neigt den Kopf, als würde er sich wundern. Die Augen verengen sich.

»Unmöglich, eine Hexe?«, näselt der Blonde und späht über die Schultern der verängstigten Soldaten. Seine Augen sind wässern. Kein Glanz ist in ihnen, keine Andeutung von Tiefe.

»Sie trägt das Zeichen«, antwortet der Dunkelhaarige.

»Sie sieht nicht aus wie eine Hexe!«, beharrt der Prinz störrisch. »Ich meine, sie ist so überaus reizend. So vollkommen und schön!«

»Die Eishexe ist auch schön«, flüstert einer der Soldaten.

»Und die Giftmischerin«, wirft der zweite ein.

»Es ist das Zeichen der Dreizehn Hexen.« Der Dunkelhaarige mustert mich genau. »Doch gab es bisher nur zwölf.«

Zwölf, sie leben.

»Es sind dreizehn, waren es immer«, sage ich leise und ignoriere die hastig gestammelten Gebete der vier anderen. Ich brauche sie nicht anzusehen, um sie wahrzunehmen. Ich höre ihre ängstlich flatternden Herzen, das Zischen ihrer Lungenflügel. Doch erreicht es mein Bewusstsein nur dumpf. Keine Magie, geschwächte Wahrnehmung. Die Jahre fordern ihren Tribut.

»Wer hat den Fluch gebrochen?«, frage ich und mein eigenes Herz beginnt zu stocken. Der Mann neben mir hebt eine Braue. Seine kurzen Haare schimmern schwarz wie der Himmel bei Nacht. Ob er …?

Er fixiert mich. Sein Blick sucht eine Antwort. Er scheint sie nicht zu finden.

»Unser Prinz«, antwortet er.

Nur langsam begreife ich den Sinn der Worte. Der blonde Prinz, er küsste mich. Mein Blick fährt herum, findet ihn. Er erbleicht.

»Du!«, zische ich und schmecke bittere Enttäuschung. Feige versteckt er sich zwischen den Soldaten und ihren Schwertern. Verlogenheit und Selbstsucht umgibt ihn wie ein schwelender Gestank. Dieser Mensch erlöste mich durch einen Kuss? Er soll der Eine sein? Meine wahre Liebe …?

»Ich … ich glaubte, Ihr wäret eine Prinzessin«, wirft er mir pikiert vor.

»Was soll mit Eurer Hexe geschehen?«, fragt der Dunkelhaarige. »Ihr erwecktet sie, jetzt gehört sie zu Euch.«

Hexe?

Es klingt wie eine Beleidigung. Besäße ich meine angestammte Macht, wäre sein Urteil besiegelt: Tod. Hätte ich meine Magie, würde nichts, aber auch nichts von ihnen bleiben. Ich würde sie alle zerstören, meinen Frust an ihnen auslassen ... und meine Enttäuschung.

Verdiene ich jemand so selbstsüchtigen wie den Prinzen?, frage ich mich plötzlich erschöpft. Ist es das, was die Menschen Gewissen nennen? Die Erkenntnis über die eigenen Fehler?

»Ihr seid der Hexenjäger«, schnappt der Prinz. »Ich bin gesandt, um meinem Vater von dem Turm zu berichten. Nicht um Hexen zu töten oder gar heimzubringen.«

»Hexenjäger?« Ich ziehe überrascht die Augenbrauen hoch und mustere den Mann. Er wirkt kräftig, die Augen wachsam. Eine Narbe zieht sich über die Hälfte der Wange. Und noch während ich ihn betrachte, zuckt sein Mundwinkel spöttisch. Hexenjäger – das gab es zu meiner Zeit nicht.

Das Gewicht der Armbrust an seiner Schulter scheint er kaum zu spüren, zwei Dolche stecken im Gürtel. Das Schwert in seiner Hand liegt ruhig, ich spüre kein Zögern wie bei den Soldaten. Nein, der fürchtet mich nicht. Im Gegenteil, er würde keine Sekunde zögern, mich zu töten. Doch er tut es nicht. Warum?

»Die Dreizehnte Hexe«, höre ich ihn murmeln.

Lange, so lange Zeit. Die Spuren der Zauber, die einst diesen Ort umgaben, liegen noch in der Luft. Ich höre meine Schwestern ihre Bannsprüche sprechen, um meinen Schlaf der Ewigkeit auszuliefern, versteckt im Wald. Doch ihre Flüche sind gebrochen, verflogen die Zauber, die mich vor den Augen der Welt verbargen. Vergaßen sie, sie zu erneuern? Vergaßen sie mich?

Ihr Fehler wird sie teuer zu stehen kommen, denn jetzt bin ich frei.

»Was machen wir mit ihr?«, ruft der Prinz. »Beim Feuer der Drachen, sie ist eine Hexe! Eine der Dreizehn!« Seine Miene wechselt zwischen Hilflosigkeit, Angst und Wut. »Es ist mir gleich, was das Gesetz der Magie besagt. Niemals kann diese Hexe meine wahre Liebe sein! Hätte ich sie doch nur nicht geküsst!«

»Ja«, zische ich und erkenne, dass alles misslungen ist. Ich starre ihn an, den Prinzen, der den Zauber erlöste, und empfinde nichts als Verachtung.

Er keucht und die Furcht lodert in ihm auf wie ein gleißendes Schwert. »Tötet sie!«, kreischt er. »Sofort!«

Die Waffe auf meiner Kehle zuckt unmerklich – doch ich atme noch, ich lebe. Der Hexenjäger verharrt. Innerhalb eines Wimpernschlags erkenne ich, dass es nicht der Prinz ist, der über Leben und Tod entscheidet, sondern der Hexenjäger. Doch war ich zu lange an der Macht, um mich unterzuordnen. Ich werde nicht im Staub kriechen!

Ich überfliege die Situation. Der Turm, erinnere ich mich mit klarer Gewissheit. Ich befinde mich in dem Turm. In meinem luftigen Grab: die einst seidenen Vorhänge des nun zerschlissenen Himmelbettes, die zerbrochenen Fensterscheiben, die rankenden Rosen mit ihrem unerträglichen Duft, der an verwesende Leiber erinnert.

Hinter dem Prinzen gähnt die Tür wie ein dunkles Omen. Die Treppe hinab in die Freiheit, hinunter in den Wald der Geister – oder wie immer er heute heißen mag.

Mit einer einzigen, überaus flinken Bewegung schlage ich das Schwert des Hexenjägers beiseite und gleite an ihm vorbei. Der Mund des Prinzen klafft im stummen Schrei. Die Soldaten wei-

chen. Ein Schwert klirrt verloren auf den kalten Steinfliesen. Ich bin an der Tür, als mich ein Schlag in die Seite trifft. Obwohl ich fast so schnell bin wie einst, gelingt es dem Hexenjäger, meinen Zopf zu greifen. Er reißt daran. Ich lande mit dem Rücken auf den kalten Fliesen. Der Aufprall raubt mir den Atem. Der Hexenjäger zieht mich zurück. Ich winde mich, will ihn treten. Doch er holt aus und seine Faust landet auf meiner Schläfe. Schmerz explodiert in meinem Kopf, Punkte tanzen vor meinen Augen und meine Gegenwehr erstickt.

Er hat mich geschlagen.

Ein Mensch.

Mich!

»Was bist du?«, knurrt der Hexenjäger, reißt mich hoch und drückt mich gegen die Wand. Er nimmt mir den Atem. *Sein Duft. Ich mag seinen Duft.* Unfähig mich zu befreien, starre ich in sein grimmiges Gesicht. Er ist nicht nur stark. Er ist schnell. Viel schneller als erwartet. Ja, die Welt hat sich verändert. Die Menschen sind nicht mehr die Opfer, die sie einst waren.

»Hexenjäger«, flüstere ich seinen Namen und muss fast lachen. Seine Augen glühen. Ich kenne den Blick. Ich muss schön sein, so schön wie in meinem ersten Leben, dass es selbst ihm schwerfällt, sich meinem Zauber zu widersetzen. Haut so weiß wie Schnee, Haare so schwarz wie Ebenholz und Lippen so rot wie Blut.

Die perfekten Menschen – Feenkinder – heute Hexen.

»Du hast das Zeichen«, sagt er und streicht mit den Fingern über die schwarze Stelle an meinem Handgelenk. »Aber du hast keine Macht. Du bist nicht wie sie. Wer bist du?«

Ich balle die Hand, öffne die Finger, einen nach dem anderen. Ich rufe nach ihr, mit all meinen Fasern. Ich rufe nach meiner Magie.

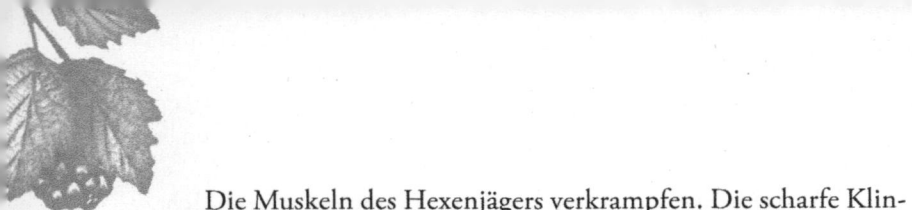

Die Muskeln des Hexenjägers verkrampfen. Die scharfe Klinge des Dolches presst sich auf die pulsierende Ader an meiner Kehle.

»Was bist du für eine seltsame Hexe«, murmelt er, als nichts passiert.

»Hexen«, zische ich und muss die Tränen unterdrücken. »Früher nannte man uns Feen.«

»Nenn dich, wie du willst.« Der Dolch schneidet in die Haut. Ich spüre den Schmerz kaum. Schmerz gehörte schon immer zu meinem Leben – sodass ich kaum weiß, wie es ohne ihn ist. Einzig der Duft des Blutes gräbt sich tief in mein Bewusstsein und ich erkenne, dass er kurz davor ist, sich für meinen Tod zu entscheiden.

»Du jagst uns Feen?«, flüstere ich erstickt. Ich darf nicht zweifeln, darf nicht der ungewohnten Angst nachgeben, die in meinem Bauch wächst und meine Glieder zu lähmen droht. Meine Kraft wird wiederkehren und mit ihr meine Magie. »Töte nicht die Einzige, die dir helfen kann, sie zu finden.«

Der Mund des Hexenjägers verzieht sich zu einem spöttischen Grinsen, aber die Klinge verharrt. Er hört mir zu. »Wie kommst du auf die Idee, dass ich deine Hilfe brauche?«

»Brauchst du nicht?«, frage ich zurück.

Sein schwarzer Blick wandert von meinen Lippen zu meiner Kehle. »Nein.« Doch er zögert.

»Bist du sicher?«, frage ich und versuche das gleichmäßige Pulsieren seines Herzen zu ignorieren. Er fürchtet mich nicht. Magie nährt sich von Furcht. Wer ist er? »Ich kann von Nutzen sein«, presse ich hervor. »Ich weiß Geheimnisse über sie, die niemand sonst kennt. Ihre Schwachstellen, ihre Vergangenheit.«

»Bringt es zu Ende, Hexenjäger«, ruft der Prinz ungeduldig. Jetzt da ich gefangen bin, traut er sich vorzutreten. Der Hexen-

jäger schweigt, mustert mich nachdenklich. »Hört nicht auf ihre Worte. Sie ist eine verdammte Hexe. Ach, wisst Ihr was? Behaltet sie. Ich überlasse sie Euch für die Mühen Eures Geleitschutzes durch die Hecke. Betrachtet sie als Lohn.« An die Soldaten gewandt fügt er hinzu: »Wenn wir uns beeilen, schaffen wir es vor dem nächsten Sonnenaufgang hinaus aus diesem verfluchten Wald. Vater wird erfreut sein, von dem Turm zu hören und dem Geheimnis, das er barg. Eine Hexe, eine der Dreizehn – jetzt muss er mich zum Erben bestimmen!« Er klatscht in die Hände. »Los, los. Sattelt die Pferde!«

Die Soldaten fliehen der Treppe entgegen. Sie können dem muffigen Grab nicht schnell genug entkommen. Ihre Schritte hallen tausendfach aus dem Schacht empor. Der Prinz kehrt als Letzter zur Tür. Sein Blick fängt den meinen, er verzieht den Mund, als ekele er sich vor mir, und doch sehe ich die Gier. Angst und Lust, eine gefährliche Mischung.

»Beeilt Euch, falls Ihr mit uns reiten wollt – wir warten nicht!« Er folgt den Soldaten. Und der Prinz, der mich erweckte, verschwindet aus meinem Leben, ohne eine Spur hinterlassen zu haben.

Wir sind alleine. Ich und der Mann, der meine Schwestern jagt. Ich blicke in seine Augen und erkenne voller Verwunderung, dass sie nicht schwarz sind, sondern grün wie die dichtesten Tannenwälder.

»Was mache ich nur mit dir?«, murmelt er.

»Was würdest du denn gerne mit mir tun?«, wispere ich zurück. Eine Einladung, ein Versprechen. Die einfachste und älteste Falle der Welt und doch so effektiv.

Er stockt, seine Augen weiten sich, dann lacht er schallend auf. »Es steht wahrlich schlimm um dich.« Langsam nähert er sich, den Blick auf meine Lippen gerichtet, dann sieht er mich

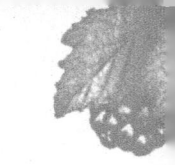

aus seinen geheimnisvollen Augen an. Mein Herzschlag beschleunigt, mein Atem stockt. *Was geschieht mit mir?* Ich spüre seinen Atem, die Wärme seiner Haut und fühle mich unendlich verletzlich. »Selbst wenn du die letzte Frau auf Erden wärst ...«, flüstert er rau, greift in meine Haare und zieht meinen Kopf in den Nacken. »Deine Hexenkräfte wirken bei mir nicht.«

»Nicht?«, flüstere ich gepresst.

»Nein«, sagt er nur. »Ich finde dich nicht im Mindesten anziehend.«

»Du lügst.«

Er lacht und ebenso plötzlich, wie er sich mir näherte, entfernt er sich wieder, gibt meine Hände frei. Nur den Zopf schlingt er um die Hand. Eine Leine. Eine Demonstration seiner Macht.

»Du bist anders als die anderen«, meint er nachdenklich.

Anders, das war ich schon immer. Doch es gibt niemanden mehr, der um mein Geheimnis weiß – niemanden außer meinen Schwestern.

»Du bist schwach.«

»Ich war eine Königin«, erwidere ich und hebe die Handflächen empor. Sanft zeichnen sich die Linien ab. Es sollten die Hände einer alten Frau sein – runzelig und verbraucht. Stattdessen sind sie weich und stark: die Hände der Königin von einst.

Ich hebe den Blick. Vor uns thront der mächtigste Spiegel des Landes. Mein Spiegel. Mein Land. Ich hauche gegen das matte Glas, und wie von Feenflügeln berührt weicht der feine Staub, um mein Antlitz zu enthüllen. Glattes, tiefschwarzes Haar umfließt ein blasses Gesicht, das schöner nicht sein könnte. Dunkle Wimpern, stechende Augen, ein sinnlicher Mund so rot wie der pulsierende Lebenssaft selbst. Das Gesicht der Königin. Das Gesicht der Schönsten. Daneben der Hexenjäger, feindlich und ungezähmt. Er lässt meinen Zopf durch die Finger gleiten. Er hebt

ihn an und fast – aber eben nur fast – ist er versucht, an meinen Haaren zu riechen.

»Zieh dich an«, fordert er abrupt und ich weiß, dass seine Entscheidung gefallen ist. Doch es ist nur ein Aufschub, ein bisschen Zeit.

»Ich weiß nicht was«, sage ich ruhig. *Wie lange ...*, frage ich mich. Wie lange hielt mich der Fluch gefangen? Der Fluch des Todesschlafs.

Der Hexenjäger reißt einen Schrank auf. Für einen Moment glänzen Dutzende Kleider in allen Farben des Regenbogens. Prächtige Juwelen, golddurchwebte Schleier. Doch wie von Zauberhand verblasst der Glanz. Und langsam, so als würden sie den Moment hinauszögern, zerfallen sie und rieseln seufzend zu Boden. Von den einst kostbaren Kleidern bleibt nichts als ein Haufen Staub.

»Was ist das für ein Zauber?«, knurrt er und zerrt an dem Zopf.

»Kein Zauber«, erkläre ich schlicht. »Nur der Tribut der Zeit.«

Er schnaubt. »Ich glaube dir kein Wort. Aber gut, du willst nackt sein? Nur zu, mich soll es nicht stören.« Ohne zu zögern, strebt er dem Ausgang zu. Sein Schritt ist fest und entschlossen. Er wird mich nicht töten, noch nicht.

Ich folge dem Feind meiner Schwestern die Stufen hinab. Mit jedem Schritt wird der Duft des muffigen, nach Leichen stinkenden Grabes schwächer. Ich entfliehe meinem Gefängnis. Ich bin bereit, so bereit, mein zweites Leben zu beginnen.

Meine Rache wird furchtbar sein.

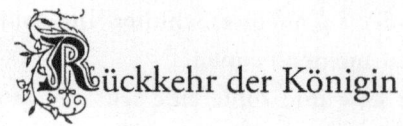ückkehr der Königin

Wenn sie nicht gestorben sind, dann leben sie noch heute.

So enden die Märchen, nur dass es kein Ende ist, sondern ein ewiges Fortbestehen. Ein Segen, zugleich ein Fluch. Auf niemanden passt dieses Ende besser als auf uns Feenkinder. Wir sind die Auserwählten, die Mächtigen. Unsere Leben scheinen endlos, unsere Geschichten fantastisch. Sie füllen die Bücher, die Träume der Kinder – und deren Alpträume. Wir waren niemals dazu bestimmt, gut zu sein, zumindest die meisten von uns. Hexen – so nennen sie uns heute. Der Schrecken braucht einen Namen, um ihm die Angst zu nehmen. Und um ihn zu jagen.

Ich laufe über den weichen Waldboden, genieße das Gefühl der nackten Füße auf Gras, Nadeln und Moos. Es zeigt mir, wie lebendig ich bin. Ich folge dem Hexenjäger auf seinem Pferd, die Hände vor dem Bauch gefesselt. Er hält meinen Zopf umschlungen. Ich bin seine Gefangene. Ob ich die Erste bin? Oder lief einst eine meiner Schwestern ebenso wie ich hinter ihm her?

Die mächtigen Dreizehn – das waren wir vor so langer Zeit.

Die Hufe des Pferdes federn lautlos auf dem dichten Moos, lautlos für menschliche Ohren. Mir bietet sich ein Feuerwerk der Sinne: Das emsige Surren der unzähligen Elfenflügel, die Blüte für Blüte der seltenen Mondblumen anfliegen, den wertvollen, silbernen Nektar schlürfen. Ich höre die Wichtel in ihren von Glühwürmchen erhellten Höhlen schimpfen, tief unter uns im Schoß der Erde. Und ich höre das hektische Flüstern der Bäume, die die beängstigende Kunde meiner Rückkehr verbreiten, hinaustragen in die grünen Hügel, die dichten Wälder, die Flüsse und Seen. Das ist Pandora – meine Heimat.

Eine Elfe landet auf meiner Schulter. Ihr goldenes Gesicht strahlt. Sie flüstert meinen Namen.

»Ja«, sage ich leise und fühle eine seltsame Freude darüber, dass sie mich nicht vergessen hat. »Ja, ich bin wieder da.«

Ihr Lachen klingt in meinen Ohren. Sie ruft die anderen Elfen, sie flattern herbei, umkreisen mich. Ihre Flügel leuchten, glitzernde Funken tanzen hinter ihnen her. Selbst bei Tag spiegelt sich das Mondlicht in ihren Augen.

Willkommen, seufzen sie im Chor.

Eine hüpft kichernd auf meinen Kopf, zwei balancieren auf dem dicken, langen Zopf zum reitenden Hexenjäger. Er kneift die Augen zusammen.

»Verschwindet«, knurrt er.

Kichernd sausen sie davon, die meisten folgen. Sie winken mir fröhlich zum Abschied. Nur die Elfe auf meiner Schulter bleibt eine Weile sitzen und summt ein vertrautes Lied. Manche Dinge bleiben, während andere vergehen. Noch nie fürchteten sie mich. Noch nie. Sie reibt ihre kleine Nase an meiner Wange, dann verschwindet auch sie zwischen den uralten Stämmen der Bäume und bleibt hinter uns zurück.

Mit jeder Meile, die zwischen mir und dem Turm wächst, verblasst die Spur der Magie, die ihn so sorgsam verborgen hielt. Und endlich erhebt sich vor uns die letzte Barriere: eine gewaltige, düstere Brombeerhecke. Überreife Früchte, prall und schwarz, hängen schwer an den Zweigen. Eine Schneise ist in das dornige Dickicht geschlagen, das wie ein Ring um den Turm gewachsen ist. Der Hexenjäger lenkt das Pferd hindurch. Vorsichtig folge ich, bemüht mich nicht in den Dornen zu verfangen. Kalkweiße Totenschädel hängen in dem samtig schimmernden Laub. Die Hecke, so schön wie tödlich. Dann sind wir hindurch, raus aus dem süßlichen Brombeer-Aroma, hinein in den Wald

der Menschen. Der letzte magische Ring ist bezwungen. Ich bin frei!

Ich atme den Duft des feuchten Laubes ein, das Aroma des ewig währenden Kreislaufes von Geburt, Leben und Tod. Aber da ist mehr, etwas Unterschwelliges, das vor meiner Gefangenschaft im Turm nicht da war. Ein intensiver Geruch, penetrant und alles durchdringend.

»Was ist das?«, frage ich leise.

Mein Begleiter schweigt. Nur das Zucken seiner Finger um meinen Zopf verrät, dass er mich gehört hat. Wir reisen alleine. Mein schwächlicher Prinz, mein Auserwählter, er hat nicht auf uns gewartet. Auf ihn viel mehr. Mich erwartet er erstochen und geschändet im Turm, stumm und tot, wie ein lästiges Insekt. *Und das ist die Liebe?*

Der Geisterwald ist anders, als ich ihn in Erinnerung habe. Dunkler und stiller. Die uralten Stämme entfalten ein dichtes Blätterdach, kein Sonnenstrahl findet seinen Weg hindurch. Sie tanzen auf den Kronen, sie schimmern matt. Eine grüne Kathedrale. Ein Ort der Toten. Doch die Geister von einst sind verstummt.

»Wo sind die Geister?«, frage ich.

»Es gibt keine Geister mehr.«

»Wo sind sie hin?«

Er antwortet nicht. Er ist mir nichts schuldig. Ich erwarte nichts.

Die erste Erfahrung, die mich das Leben lehrte, war die des Verlusts. Alles, was mir lieb und teuer war, wurde zerstört. Das ist das Schicksal. Es unterscheidet nicht zwischen Gut und Böse, zwischen Unschuld und Schuld. Es nimmt, es zerstört. Und wer dem Schicksal heute entflieht, ist morgen dran: Die Zeit meiner Schwestern ist gekommen!

»Wie viele …« Ich zögere, bevor ich das Wort ausspreche – es fühlt sich fremd an. »Wie viele Hexen gibt es noch?«

»Zu viele«, kommt die kalte Antwort.

»Du bist ein Jäger. Was bedeutet das?«

»Ich töte Hexen.«

»Auch die Dreizehn?«

»Gerade die.«

Ich nicke und blicke nach vorne. »Gut.« Das ist alles, was ich sage und meine es auch so.

Je mehr sie gejagt werden, desto eher werden sie fallen.

Die Nacht bricht herein. Die Elfen verkriechen sich in ihre schimmernden Paläste hoch oben in den Baumkronen. Die Wichtel hören auf zu streiten. Das schummerige Grün der letzten Sonnenstrahlen verliert seine Leuchtkraft. Kalte Dunkelheit kriecht wie gieriger, alles verschlingender Nebel herauf. War meine Sehkraft auch vor langer Zeit so stark, dass ich in den schwärzesten Nächten sehen konnte, so ist sie es jetzt nicht mehr. Dunkelheit, das ist neu für mich.

»Warum lachst du?«, fragt der Hexenjäger.

»Ich bin menschlich.« Tatsächlich lächele ich. »Ich sehe nichts.«

»Konntest du es früher?«, fragt er nur.

»Natürlich.«

»Und die anderen? Können sie es auch?«

Meine Freude verblasst. Die anderen. »Damals konnten sie es. Wir alle konnten es.«

»Du bist eine von ihnen«, stellt er nüchtern fest.

»Ja«, hauche ich und friere plötzlich. »Mir ist so kalt.« Eine Gänsehaut zieht ihre Spuren über meinen Körper. »Ich kenne die Kälte nicht.«

»Aber du kennst Schmerz.«

»Ja«, ist alles was ich sage und schweigend setzen wir unseren Weg durch den nächtlichen Wald fort. Eine einsame Eule kreuzt unseren Weg, auf der Suche nach letzten, verirrten Elfen. In der Ferne heult ein Wolf. Ich weiß nicht, wie der Hexenjäger den Weg findet. Ich selbst sehe nichts. Blind folge ich ihm, dicht gedrängt an die Wärme seines Pferdes.

Ich friere. Ich atme. Ich bin nicht tot.

ordwind

Mitten in der Nacht frischt der Wind auf und trägt eisigen Frost mit sich. Eine Eisschicht überzieht meine Haut. Meine Finger werden taub. Meine Beine schmerzen.

Alles ist kalt.

So verteufelt kalt.

»Das ist der Fluch deiner Schwester«, höre ich ihn sagen. »Sie lässt die Kälte über ihre Grenzen dringen. Aber noch niemals wagte sie sich so weit vor.«

»Meine Schwester?«, hauche ich zitternd. Mein Atem steigt als dampfende Schwaden auf.

»Die Eishexe«, sagt er leise. »Schneekönigin, Gebieterin der Nordwinde. Sie hat viele Namen.«

Ich versuche zu antworten, doch nur ein Stöhnen dringt aus meinem Rachen. Vor uns beginnt ein winziger Funken zu tanzen, nicht mehr als das Blinken eines Sternes. Sein matter Schein lotst uns durch die vereiste Nacht. Ich stolpere ihm entgegen, die Füße zwei eisige Klumpen.

Es ist ein Feuer, prasselnd und lockend, mitten im Wald. Doch es verspricht keine Wärme. Der Wind trägt das dünne Wiehern eines sterbenden Pferdes mit sich.

»Es ist niemand dort«, flüstere ich so leise, dass er mich unmöglich gehört haben kann.

Doch er antwortet: »Niemand Lebendes.«

Der Hexenjäger lenkt das Pferd auf die von Eiskristallen übersäte Lichtung, in deren Mitte das Feuer dem starren Wind trotzt. Vier herrenlose Pferde drängen sich im Tode dicht beisammen. Daneben, zusammengerollt wie Babykatzen, liegen die erstarr-

ten Körper der Reiter. Gläserne Gesichter im Schrei erstarrt, die Hände zu glitzernden Klauen verformt.

Der Prinz mit seinen Soldaten.

Die Königin in mir fühlt kein Bedauern, nur kalte Genugtuung. Aber etwas anderes, etwas Menschliches keimt: Trauer über die verlorene Chance. Und verwundert streiche ich mit den Fingerspitzen über meine Wange, fange eine glitzernde Perle. Eine Träne.

»Es ist die Kälte«, sagt der Hexenjäger. »Sie ist abgerichtet zu töten. Sie dient nur diesem einen Zweck.« Das Pferd scheut, unsere Schatten tanzen auf den Stämmen der Bäume. »Was will sie hier?«

Ich versuche zu schlucken, zerreibe die Träne mit meinen Fingern. Ich schwanke. Das Eis knirscht unter meinen nackten Füßen. »Sie sucht mich.«

Stille, dann: »Warum?«

»Weil sie mich im Spiegel sah.« Das Sprechen bereitet mir Mühe. Der beißende Wind ist unerträglich. Die Kälte frisst meine Haut.

»Hier bin ich Schwester«, wispere ich in den Nordwind und plötzlich bricht er mit all seiner Kraft gegen uns los. »Traust du dich zu kommen, um mich zu töten?«

»Warum sollte sie dich töten wollen?«, ruft der Hexenjäger gegen den aufheulenden Sturm. Das Pferd scheut, Eiskristalle prasseln nieder, schlagen auf uns ein.

»Weil ich die Einzige bin«, brülle ich mit all meiner verbliebenen Kraft zurück. »Weil ich die Einzige bin, die sie alle vernichten kann.«

Mit einer einzigen Bewegung hebt er mich auf seinen Schoß und schließt den gnädig warmen Mantel um meine zitternden Schultern. Er reißt das Pferd herum. Im gestreckten Galopp

fliegen wir durch den winterlichen Wald. Ich schlinge die Beine um ihn, presse das Gesicht an seine schützende Brust. Sein Mantel hüllt mich ein, seine Wärme umgibt meine schmerzenden Glieder. Wir fliehen durch die finstere Nacht, verfolgt von dem Heulen des Nordsturms. Das treue Tier trägt uns, das Fell durchtränkt von Schweiß und Schnee. Ich spüre seine kraftvollen Bewegungen und weiß doch, dass sein Ende naht. Niemand entkommt dem Eiszauber dieser tödlichen Kälte. Nicht einmal eine Fee.

»Sie greift nach mir«, flüstere ich erstickt. »Sie fasst mich an.«

»Komm schon«, höre ich den Hexenjäger knurren, er treibt das erschöpfte Tier zum letzten Spurt. Ich kralle mich an seine Brust. Doch die Wärme vermag nicht mehr die tödlichen Klauen abzuhalten. Sie klammern sich an meine Waden, an meinen Nacken. Ihr eisiges Feuer verbrennt mein Fleisch. Ich schreie. Und mein Schrei hallt in dem Tosen des Nordwindes. Der Hexenjäger reißt an den Zügeln, das sterbende Pferd bäumt sich auf. Er springt herab, trägt mich auf den Armen, während hinter uns das Tier von der Kälte gefressen wird. Die Kälte frisst auch mich. Ich spüre ihre Zähne, ihren Hunger.

»Halt durch«, ruft er und eilt durch den Schnee. »Halt durch.«

Eine Tür, Licht, Wärme. Wir fliegen hinein. »Schließt die Tür!«, brüllt der Hexenjäger.

Ich höre meine Schwester kreischen. Ich höre ihre Ohnmacht, dann fällt die schwere Tür mit einem Krachen ins Schloss und sperrt den Nordwind aus.

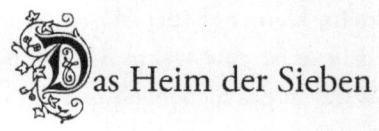as Heim der Sieben

»Höllisch kalt draußen.«

»Verdammt Jäger, was treibt dich bei diesem Wetter herum?«

»Bist du hier, um Diamanten zu kaufen?«

»War das dein Pferd?«

»Jemand Suppe?«

Er antwortet nicht. Seine Aufmerksamkeit gilt mir allein. Sein Blick ist tief und unendlich grün. Er legt seine Hand an mein Kinn, hebt es an. Forschend betrachtet er mich. Sieht er die Pein in meinen Augen? Meine Zähne klappern, die Glieder zucken. Die Kälte steckt in meinen Knochen, sie frisst mich. *Sie frisst mich!*

»Dies ist das Haus meiner Freunde, wir sind ihr Gast, bis der Nordwind nachlässt.«

Ich nicke stumm. Ein Schrei tobt in meinem Innern. Doch meine Lippen bleiben verschlossen, lassen ihn nicht hinaus. *Niemals Schwäche zeigen, niemals Schmerz.*

Der Hexenjäger zögert, setzt den Dolch an die Fesseln und schneidet sie durch. Sofort schlinge ich die Arme um den Körper. Eiskalte Haut auf eiskalter Haut. Das Gift der Kälte brennt.

»Ihr Zauber wirkt gut«, flüstere ich.

»Rück näher an den Kamin!«, fordert er mich auf und schiebt mich ungewöhnlich sanft zum flackernden Schein des blauen Feuers. Es tanzt, ohne sich von dem tödlichen Sturm beeindrucken zu lassen, der an den Fensterläden rüttelt. Der Hexenjäger legt mir seinen Mantel um die Schultern.

»Nordwind«, flucht ein stämmiger Mann mit unzähligen goldenen Ohrringen und seltsamen Zeichnungen auf dem kah-

len Kopf. Er ist klein, kleiner als der Hexenjäger und die Toten im Wald. »Die Eishexe ist eine wahre Meisterin. Doch warum schickt sie ihren Wind in das Siebengebirge? Außer uns lebt hier niemand!«

»Was ist passiert?«, fragt ein zweiter Mann. Der geflochtene Bart ist mit Goldbändern durchwoben. In der Nase trägt er einen goldenen Reifen. »Kord hat Recht. Die Eishexe handelt nicht ohne Grund. Sie hat ein Ziel. Und wir sind es nicht.« Er blickt vom Hexenjäger zu mir. Nur schwer gelingt es mir, den Kopf zu heben und einen Blick auf ihn zu erhaschen, ehe eine Schmerzwelle mich zurückreißt, zurück in den stummen Schrei. »Warum jagt dich die Eishexe? Wurde aus dem Jäger der Gejagte?«

»Nein«, brummt der Hexenjäger.

»Die Eishexe jagen zu wollen, wäre mehr als dumm«, tadelt Kord, der erste Mann.

»Gar unmöglich, sie zu jagen«, pflichtet der zweite bei.

»Niemand wagte es je und auch du solltest die Finger davon lassen«, ruft ein dritter.

»Eines Tages bringt dich diese Hexenjagerei noch ins Grab«, sagt ein vierter.

Sieben Herzen neben dem des Hexenjägers. *Sieben*, die magische Zahl. Sie gewährt Schutz vor Flüchen, mögen sie noch so mächtig sein wie die der Eishexe.

»Wer ist sie?«, fragt Kord und zeigt auf mich.

Der Jäger schweigt. Er legt die Waffen ab und setzt sich auf einen von sieben goldenen Stühlen. Sieben dauerhafte Bewohner, Gäste sind erlaubt. Aber wehe sie bleiben zu lang – alleine der Gedanke an eine beständige Anwesenheit reicht aus, um den Schutz brechen zu lassen. So will es das Gesetz der Magie. Ich selbst verfasste es. Ich war sein Schöpfer.

In einem meiner guten Momente.

Der Hexenjäger, er weiß nicht, wer ich bin. Er weiß nicht, wer ich war. Dennoch rettet er mich.

Sieben Augenpaare begutachten mich. Ich finde Schutz bei denen, die ich einst vor mir zu schützen versuchte. So viele Häuser, so viele Familien, verzweifelt bemüht, das Gesetz der Sieben zu erfüllen.

So viele Opfer.

Seit wann empfinde ich Reue?

Ich ziehe den Mantel enger um meinen steifen Körper, gehüllt in den Geruch des Hexenjägers verliere ich die Gedanken an die Vergangenheit. Mag es mir scheinen, als wäre es erst gestern gewesen. Es liegt weit, weit zurück. Pandora, wie ich es kenne, existiert nicht mehr.

Das Feuer im Ofen singt sein knisterndes Lied. Ich strecke meine steife Hand aus, versuche die Wärme zu greifen. Doch ich fühle nichts als Schmerz. Er breitet sich aus. Er wächst unaufhaltsam.

»Suppe?«, fragt ein Mann. Er lächelt mich freundlich mit einem Mund vergoldeter Zähne an. »Ich heiße Peter, ich bin der Koch. Meine Wurzelsuppe ist die Beste, die du innerhalb des Waldes finden kannst. Ich würze sie mit einem Hauch Goldspäne. Das darfst du niemandem verraten!« Er kichert, die Zähne funkeln.

»Nein«, wispere ich und kann mich kaum noch rühren.

»Wird dir schon wärmer?«, fragt Peter zögernd.

Ich schüttele matt den Kopf. Schwarze Sterne tanzen vor meinen Augen. Die Umrisse des Kochs verschwimmen zu einer breiigen Masse. Seltsam. Fühlt sich so der Tod an? Der echte Tod?

»Zeig mal her«, höre ich ihn sagen und spüre, wie er nach meiner Hand greift. Er schreit auf: »Sie ist eiskalt!«

Ich blinzele, kämpfe gegen die wachsende Dunkelheit. Mein Arm. Ich hebe meinen Arm. Eisblaue Linien fressen sich durch die Haut, hinterlassen eine eiskalte Spur und verwandeln das Fleisch in kühles, glattes Eis. Es erinnert mich an eingeschneite Winter, an glitzernde Zapfen, die vom Dach baumeln. An das Lachen meiner Mutter, während sie meine blauen Füße reibt.

»Es schmerzt«, wispere ich und weiß nicht, ob die Erinnerung oder das Eis mich quält.

»Es schmerzt?«, ruft Peter und starrt mich an. »Es schmerzt?!«
Mama?

»Zeig her!«, verlangt Kord und schiebt den Koch beiseite. Er erstarrt beim Anblick der gläsernen Haut. »Beim Lied der Felsen. Wenn wir das Eis nicht aus ihrem Körper bekommen, ist sie verloren!«

»Es ist ein Wunder, dass sie den Weg bis hier überlebte«, knurrt der Zweite.

»Sie ist mir nicht geheuer«, höre ich Peter rufen.

»Sie zuckt nicht einmal mit den Wimpern«, sagt einer.

»Dabei sollte sie schreien, sie sollte sich krümmen«, stimmt der Nächste zu.

Ich begegne dem Blick des Hexenjägers. Sie wissen nicht, wer ich bin! *Was, wenn …?* Doch ich kann nicht zu Ende denken, der Schmerz zermürbt alle meine Sinne.

Von irgendwoher werden Eimer geschleppt. Wasser klirrt in ihnen, begrüßt mich freudig, doch ich kann nicht antworten. Das Feuer wird geschürt, aber ich spüre keine Hitze. Alles ist kalt.

Der Fluch der Eishexe, er wirkt selbst im Haus der Sieben. Sie ist stark, so stark.

»Wieso trifft dich der Fluch nicht?«, wispere ich schwach. Unendlich menschlich und schwach.

»Hexenzauber wirken bei mir nicht«, meine ich den Hexenjäger antworten zu hören.

»Das Bad ist vorbereitet, eile dich, bevor es zu spät ist!«

Ich kann mich nicht rühren. Nicht einen Finger.

Kord zieht den Mantel fort, meinen letzten Schutz. Ich höre sie schreien, aufstöhnen.

Ich blinzele herab und begreife. Vom Bauchnabel abwärts bestehe ich aus Eis. Und es wächst weiter. Mit tausend Nadelspitzen kriecht es über meine Haut, erklimmt meine linke Brust, zerreißt das Fleisch. Seltsam matt beobachte ich, wie sich Stück für Stück meines Körpers verwandelt.

Der Hexenjäger reißt mich hoch, er trägt mich auf seinen warmen Armen, er trägt mich in einen anderen Raum. Dampf, Wasser, eine goldene Wanne. Hastig taucht er mich in das brühend heiße Bad.

Ich keuche.

Feuer und Eis – Hitze und Kälte.

Doch der Kampf ist entschieden, bevor er begann. Das Wasser gefriert. Der Fluch ist zu mächtig.

»Es ist zu spät«, sagt der Koch belegt.

»Verdammt«, flucht der Hexenjäger. Er zertrümmert die Eisschicht, doch so schnell sie zerbricht, so schnell wächst sie nach.

»Sie ist verloren«, murmelt Kord. Ich sehe, wie er den Kopf senkt. Und die Tür schließt sich hinter ihm. Sie lassen uns alleine. *Abschied. Nehmt Abschied!*, scheinen sie zu sagen. Ich blicke in die seltsam vertrauten Augen des Hexenjägers. Grün wie die Tannenwälder meiner Heimat.

»Es tut mir leid.« Ich versuche, ihn anzulächeln.

»Ich bin dein Feind, vergiss das nicht!«, sagt er und umfasst mein Kinn. Der Druck seiner warmen Finger ist nicht so grob, wie es sein sollte.

»Vielleicht sind wir bestimmt, Feinde zu sein«, gebe ich matt zu. »Gegen das Schicksal kann niemand etwas tun, nicht einmal wir Feen.«

»Es gibt kein Schicksal.« Er legt die zweite Hand an meinen Nacken. Sie ist wärmer als die vermeintliche Hitze des Bades. Ich schmiege mich an sie, schüttele den Kopf.

»Schicksal umgibt uns alle. Schicksal hielt mich in dem Turm gefangen. Schicksal ist der Kuss des Prinzen.« Ich zögere; die Tatsachen auszusprechen, tut weh. »Vielleicht war ich bestimmt, mit ihm gemeinsam zu sterben. Das Schicksal duldet keine Flucht. Es jagt, bis es bekommt, was es will. Es ist ein Jäger, genau wie du.«

»Dann werden wir sehen, wer der bessere Jäger ist«, prophezeit er düster.

»Du willst meine Schwestern töten, aber niemand schafft das alleine«, flüstere ich. »Sie sind zu mächtig. Gemeinsam …« Ich huste und spucke Eiskristalle. »Gemeinsam hätten wir es schaffen können.«

Das Eis in der Wanne wächst, das Wasser gefriert so schnell.

»Hol mich heraus!«, bitte ich sanft. »Ich will nicht in einer Badewanne mein Ende finden.«

Sei es Gnade oder eine seltsame Art von Respekt, die ein Jäger seinem Opfer gegenüber empfinden kann: Er gewährt mir meinen letzten Wunsch.

Er zerschlägt die Eisschicht, greift in das gefrierende Wasser und hebt mich heraus. In der Wanne bleibt nichts als klirrendes Eis.

Ich spüre nichts. Keine Kälte, keinen Schmerz. Nur ihn. Ich lehne den Kopf an die heiße Schulter des Hexenjägers, während er mich zu einem Eisbärenfell trägt. Er kniet mit mir nieder, setzt mich ab.

In dem Moment, in dem er mich loslässt, kommt die Kälte mit aller Kraft zurück. Ich spüre sie siegeshungrig durch die Adern fließen. Ich höre die Eishexe lachen.

»Bitte«, schluchze ich, »bitte bleib bei mir!«

Er zögert, als trüge er einen inneren Kampf aus. Dann ist er bei mir. Ich stöhne, presse mich an ihn, an seinen schützenden Körper und erkenne, dass es kein schöneres Ende geben kann als in den wärmenden Armen dieses Mannes.

»Was, wenn es nicht der Kuss war?«, flüstert er und ich verstehe erst nicht.

»Es ist ein Zauber«, antworte ich, das Gesicht an seinen Hals gepresst. »Nur durch den Kuss der wahren Liebe kann der Schlaf gebrochen werden.«

»Wer sagt, dass es so sein muss?«

»Ich.« So lautet meine schlichte Antwort. Wie sehr ich seine Umarmung brauche! Sie gibt mir Ruhe und Kraft. Sie schützt mich vor dem Schmerz. »Ich wünschte, du wärst es gewesen«, flüstere ich, und einem inneren Drang folgend, berühre ich mit den Lippen seinen Hals, teste den Geschmack seiner Haut. »Ich wünschte, du hättest mich geküsst.«

Zum ersten Mal höre ich sein Herz stolpern. Der Griff seiner Arme wird fester.

Was ist das für ein Kribbeln in meinem Bauch? Wie das zarte Tanzen tausender Flügel. *Ist das die Liebe?*, frage ich mich. Die Liebe, die für uns Feen unmöglich scheint, weil es uns nicht gestattet ist zu lieben? Weil die Magie uns unfähig macht.

»Bin ich noch eine Fee?«, murmele ich und löse die Hand von seinem Nacken. Langsam ziehe ich das Handgelenk zurück und starre auf das schwarze Mal, das Zeichen.

»Deine Haut«, ruft der Hexenjäger rau. »Der Fluch, er weicht!«

Das dunkle Mal auf rosiger Haut. Die Hand, die Finger, frei von Eis!

»Du bist es«, erkenne ich und sehe ihn erstaunt an. »Ich fühle nur deine Wärme.«

Er rückt ab, um meinen Körper zu betrachten. Ich sehe jedes Hauptpartikel tauen, das mit seiner Haut in Kontakt kommt. Rasch beginnt er, meine Beine zu reiben, die eiskalten Waden. Die blauen Adern verblassen, das Eis weicht vor seiner Nähe. Es flieht.

»Was bist du?«, frage ich verblüfft. Er hebt den Blick nur kurz, reibt meine Füße, bis sie rosig schimmern. »Du kannst kein Mensch sein.«

»Doch, das bin ich«, sagt er. »Nichts sonst.«

»Du lügst. Schon wieder.« Mit der Kälte vergeht der Schmerz. Und ohne den Schmerz beginne ich, klar zu denken. »Ich weiß, dass du kein gewöhnlicher Mensch sein kannst. Und ich weiß, dass du mich begehrst.«

Seine Hände streichen über die Knie, hinauf zu den Oberschenkeln. Er hebt mein Bein an und reibt es. Plötzlich ist es nicht der Fluch, der mich quält, sondern der Wunsch, er möge mich aus einem anderen Grund berühren.

»Du begehrst mich und ich begehre dich«, flüstere ich. »Vielleicht ist es Schicksal. Vielleicht sollen wir zusammen sein.«

Er sieht mich an, sein Blick glüht. »Du bist eine Hexe.«

»Ich bin auch eine Frau.«

Langsam, so als sei er sich selbst noch nicht sicher, zeichnet er mit seinen Fingern einen Kreis um meinen Bauchnabel. Eine sanfte Spur bleibt. Sein Blick gleitet zu meinen Brüsten, eine glänzt durchsichtig, die andere reckt sich ihm rosig entgegen.

Er will mich.

Und was viel schlimmer ist: Ich will ihn!

»Traue niemals einer Hexe«, murmelt er und die Hände folgen seinem Blick. Er umfasst die eiskalte Brust. Ich beiße mir auf die Lippen. Ungewohnte Wärme durchströmt mich. Diese Gefühle sind mir fremd. Das sehnsüchtige Ziehen im Magen. Das Bedürfnis nach Nähe.

»Was ist das?«, hauche ich.

Er antwortet nicht. Obwohl das Eis geflohen ist, lässt er seine Hand, wo sie ist. Sein Daumen umkreist meine Brustwarze. Eine neue Art Schmerz, anders, wohltuend, berauschend.

»Ist das Liebe?«

Er schüttelt den Kopf. »Nein.«

Im nächsten Moment beugt er sich über mich, seine Augen zwei tannengrüne Punkte, meine ganze Welt. Dann küsst er mich, wie ich noch nie geküsst worden bin. In all den endlosen Jahren meines ersten Lebens habe ich viele Männer gekannt, viele Vereinigungen erlebt. Aber niemals, noch niemals war es so … *erfüllend*? Ich spüre seine Kraft, schmecke seine Lippen, seine Haut. Seine Hände sind überall. Er ist über mir, in mir, er umgibt mich vollkommen. Ich gebe mich ihm hin, und er gibt sich mir hin. Wir sind eins. Umschlungen im wilden Tanz und mit jedem seiner Stöße verschwindet die Kälte ein kleines bisschen mehr, bis da nichts mehr ist außer alles umfassende Wärme. Bis da nichts mehr ist als er.

Ich weiß nicht, wie lange wir Herz an Herz auf dem Fell liegen. Die Jahre im Turm scheinen verschwindend wenige dagegen. Ich lausche den Atemzügen, dem kräftigen Schlagen seines Lebens und wünschte die Zeit würde niemals vergehen. Aber wie Sand in einer Uhr, so verrinnt auch unsere Ruhe. Die Welt ist schnelllebig geworden, Zeit kostbar.

»Hexenjäger«, flüstere ich und kenne doch nicht seinen wahren Namen.

Er brummt nur. Seine Hände ruhen auf meinem Rücken. Er hält mich. Noch hält er mich.

»Ist das Liebe?«, frage ich erneut. Meine Fingerspitze folgt den Linien seiner zahllosen Narben. Ich stütze mich ab, sehe ihn an.

»Nein«, wiederholt er.

»Was ist es dann? Es fühlt sich … gut an.«

Er schweigt.

»Bist du sicher, dass es keine Liebe ist?«

Langsam dreht er den Kopf. Sein Blick ist seltsam distanziert, beinahe kühl. »Ja.«

Ich runzele die Brauen.

»Du meinst für dich.«

»Ich bin dein Feind. Ich empfinde Hass für dich.«

»Mit Hass kenne ich mich aus«, sage ich bemüht leicht. Ich will ihm nicht zeigen, wie sehr mich seine Worte verletzen. »Das ist kein Hass.«

Er seufzt und erhebt sich.

»Warte.«

Ich greife nach seiner Hand.

»Warum warst du in dem Turm?«, fragt er plötzlich. Seine Miene ist eisern und ich verstehe, dass der Punkt gekommen ist, an dem er Antworten braucht. Er ließ mich am Leben. Ich muss ihm einen Grund geben, es dabei zu belassen. Ich habe keine Macht. Ich brauche ihn.

»Es ist ein Grab.«

»Du warst nicht tot.«

»Ja.«

»Warum?«

»Warum ich in dem Turm war? Oder warum ich noch lebe?«

»Beides.«

Ich sehe ihn lange an, dann frage ich ihn: »Wie tötest du die Hexen, wenn du sie jagst?«

»Das verrate ich dir bestimmt nicht.«

»Ist es leicht?«

»Nein.«

Ich verschränke meine Finger mit seinen. Er lässt es zu. Solange er bei mir ist, solange er mir nah ist. »Wie würdest du die Eishexe töten?«

Er braucht einen Moment, ehe er antwortet: »Ich weiß nicht, ob man sie überhaupt töten kann.«

Meine Lippen lächeln, meine Augen nicht. »Und wie würdest du eine Hexe umbringen, die noch sehr viel mächtiger ist …?«

»Was willst du mir damit sagen?«

Ich hebe den Blick. Meine Augen sind eisblau, wie die meiner Schwestern – wie die der Eishexe.

Ich war zu mächtig, als dass sie mich hätten töten können, nicht einmal mit ihrer vereinten Macht. Ich weiß, dass ich so nicht beginnen darf – nicht, wenn ich will, dass er mir vertraut.

»Der Dornröschenschlaf«, sage ich also. »Ich habe ihn erschaffen wie viele andere Zauber. Auch den der magischen Sieben.«

»Du hast das magische Gesetz verfasst?«, fragt er und runzelt die Brauen.

Ich sehe ihn an. Ahnt er, wer ich bin? Wer ich war? Welche Macht ich besaß? Ich hebe meine Hand. Seine zuckt zum Dolch. Ich rufe nach meiner Magie – aber nichts regt sich. Erst als ich die Hand sinken lasse, entspannt er sich, doch der Dolch bleibt in seiner Hand liegen. Ein Zeichen seines Misstrauens, und ich erkenne, dass ich weiter ausholen muss, um ihm zu zeigen, wer ich bin und warum ich wurde, wer ich war.

»Wir waren unschuldige Kinder, geboren mit den Zeichen der Feen. Schwarzes Haar, schneeweiße Haut, Lippen wie Blut.

Die Menschen fürchteten uns. Sie fürchteten die Saat der Feen. Sie nannten uns Wechselbälger. Viele von uns wurden getötet. Manche konnten entkommen, manche wurden ausgesetzt.«

Ich verstumme. Ich werde gerissen in eine Zeit, die so lange zurückliegt, dass nicht einmal die Bäume ihre Geschichten kennen. Ein kleines Mädchen im roten Mantel. So lange versteckt – so lange geschützt vor den Blicken der anderen.

»Ich kann mich kaum noch an das Gesicht meiner Mutter erinnern. Sie holten sie am Tag des ersten Schnees. Ich folgte ihren Spuren. Bevor die Sonne den Horizont erklommen hatte, war sie tot. Sie war tot, weil sie ein Feenkind versteckt hatte. Ihr eigenes Kind.« Die Spuren im Schnee führten ins Dorf. Zum Scheiterhaufen. »Zuerst roch ich den Rauch, dann hörte ich das Prasseln des Feuers.« *Flieh, mein Herz! Flieh, so weit du kannst!*

Und während der Himmel sich blutrot färbte, verbrannte meine Mutter.

»Es vergeht kein Tag, an dem ich nicht ihre Schreie höre.« *Und die der anderen.* Ich presse die Lippen zusammen: »Dreizehn Schwestern. Dreizehn, die der Jagd der Menschen entkamen.«

»Feenkinder«, höre ich ihn murmeln. Der Hexenjäger. Ich sehe ihn an. Er ist ein Nichts gegen mich. Seine Lebensspanne ist kurz und unbedeutend.

»Wir sind die Auserwählten – fähig die Magie zu nutzen, Macht zu besitzen. Deshalb fürchteten sie uns und tun es noch.«

»Zu Recht«, sagt er.

»Macht ist eine Bürde. Sie verändert uns.« Sorgsam fahre ich die Linien des dunklen Mals mit einem Finger nach. »Wir waren Kinder. Verängstigte, einsame Kinder. Das Schicksal rettete uns, es führte uns zusammen. Wir erkannten, was wir waren, wir erkannten unsere Möglichkeiten. Zusammen waren wir ... stark und unverletzbar.«

»Wie alt …« Er unterbricht sich. Er ist auf der Hut. Er glaubt nicht alles, was ich ihm sage und das ist gut so. Er weiß nicht, dass ich die Menschen des Dorfes noch am selben Tag tötete. Er weiß es nicht, aber vielleicht ahnt er es.

Asche. Alles was blieb, war ein kleines Mädchen im roten Cape in einem Dorf aus Asche.

»Ich war vier«, antworte ich auf seine unausgesprochene Frage. »Ich wusste nichts über Feenkinder oder über Magie. Ich wollte nur bei meiner Mama sein.«

Seine Finger drücken die meinen sanft. Mitleid, so leicht zu erregen. So wohltuend für die Seele.

»Wie lange habe ich geschlafen?«

»Warum warst du in dem Turm?«, ignoriert er meine Frage und kommt zu seiner ursprünglichen zurück.

»Weil sie mir eine Falle stellten.«

»Mit sie meinst du deine Schwestern?«

Ich nicke.

»Und jetzt willst du Rache.«

Ich beginne zu lächeln, kalt und berechnend.

»Ja«, sage ich und plötzlich verstehe ich, welcher Geruch mich verwirrt. Der Duft, der alle anderen überschattet, penetrant und durchdringend. Es ist Angst, die Angst meiner Schwestern. Mein Lächeln wird breiter. »Sie wissen, dass ich komme.«

»Du willst sie töten?«

»Jede Einzelne von ihnen.«

Er hebt seine Hand und streicht zärtlich über meine Wange. Dann, wie ein Schlag ins Gesicht: »Ich habe mich geirrt. Du bist nicht anders. Du bist genauso schlecht und verkommen.«

Das Schlucken fällt mir plötzlich schwer. Seine Worte treffen mich. Ich will nicht besser sein, nicht gut, nein, ich will ihm gefallen.

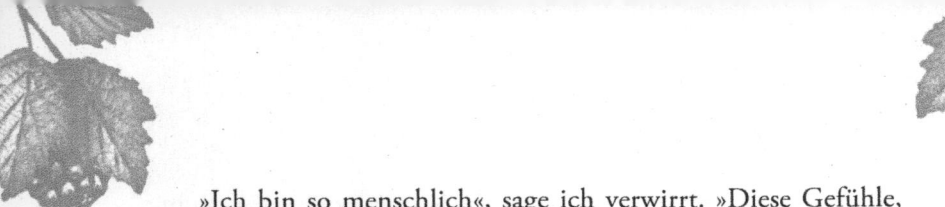

»Ich bin so menschlich«, sage ich verwirrt. »Diese Gefühle, sie lassen mich nicht klar denken.«

»Menschlich«, wiederholt er und schüttelt den Kopf. »Fühlen Hexen nichts?«

»Feen«, verbessere ich ihn, »fühlen sehr wohl, nur lernen wir früh, dass die Gefühle der Magie im Wege stehen.«

»Je weniger eine Hexe fühlt ...«

»... desto stärker ist ihr Zauber«, beende ich den Satz, den die Feenmutter wie ein Mantra zu predigen pflegte.

Sie schreitet auf und ab, die Kinder stehen in Reih und Glied. Die Feenmutter spricht unaufhörlich von Stärke und Hass. Sie verharrt vor der Kleinsten und hebt ihr Kinn fast zärtlich an.

»Die Liebe ist das schlimmste Gefühl. Sie macht euch schwach, sie macht euch verwundbar, sie lässt euch nicht klar denken. Und was ist eine schwache, verwundbare Fee?«

»Eine tote Fee«, antwortet die Kleine leise. Sie schafft es nicht, der Feenmutter in die Augen zu blicken, keine schafft das. Außer einer.

»Richtig.« Die Feenmutter wendet sich ab und schreitet weiter. Sie bleibt vor dem trotzigen Blick stehen. »Glaubst du, dass es in dieser Welt für dich die Liebe gibt?«

Das Mädchen schweigt. Die Herzen der anderen beginnen, ängstlich zu flattern. Sie fürchten sich vor der Strafe.

Die Feenmutter hebt die Augenbrauen.

»Die Menschen ...«, beginnt das Mädchen.

»Die Menschen sind herzlose Bestien!«, unterbricht die Feenmutter sie. »Sie kennen keine Gnade und deswegen werden wir keine Gnade kennen. Wir unterscheiden nicht zwischen unschuldig und schuldig, denn wer heute das eine ist, wird morgen das andere sein.« Die Feenmutter richtet ihren Blick aus dem Fenster des Turms, von dem aus ganz Pandora zu überblicken ist. Für heute scheint sie den

Ungehorsam der Widerständigen zu verzeihen. »Die Welt da draußen ist nichts als ein Spielfeld und wir sind die Figuren. Die Regeln
sind einfach: Es gibt keine.« *Sie wendet sich wieder den Kindern zu.
Stärke und Hass. Wir gewähren keine Gnade.*

»Die Eishexe —«

»Früher hieß sie anders«, flüstere ich.

»Sie ist die mächtigste der noch lebenden Hexen«, überlegt er
und sieht mich an. »Du musst ein wahres Scheusal gewesen sein,
wenn du so mächtig warst, dass selbst sie dich fürchtet.«

Hasst er mich? Warum hält er dann meine Hand? Meine Finger klammern sich fester um seine.

Lass mich nicht los!

»Alles, was ich einst war, ist verloren. Es ist, als hätte die Magie mich vergessen. Sie gehorcht meinem Ruf nicht mehr.«

Ist da ein Glitzern in seinen Augen?

»Dafür fühle ich seltsame Dinge.«

»Liebe?«, meint er spöttisch.

»Ich mag dich«, antworte ich bemüht ehrlich. Er lacht freudlos. Das Glitzern verschwindet so schnell, wie es gekommen ist,
und ich weiß nicht, ob ich es mir nur eingebildet habe.

»Du hast keine Ahnung von Liebe.«

»Sie ist das Einzige … das Einzige, was ich nie erfahren habe.
Keine von uns. Mag die Magie auch noch so viel Macht ermöglichen, eines verwehrt sie uns. Die Möglichkeit zu lieben und
geliebt zu werden.«

Bevor er etwas erwidern kann, fahre ich eilig fort: »Alles, was
ich von der Liebe kenne, sind die schwachen Erinnerungen eines
vierjährigen Mädchens, das seiner Mutter beim Sterben zusieht.«

Und mit ihr starb mein Herz. Mit ihr starb das Kind und
zurück blieb die Fee.

»Lehre mich lieben!«, bitte ich.

Er entreißt mir die Hand, als hätte er sich verbrannt. »Ich weiß nicht, was für ein Spiel du treibst, aber eines sage ich dir: Weder du noch eine deiner kaltherzigen Schwestern wird je in der Lage sein, für ein anderes Wesen als sich selbst etwas zu empfinden!« Er weicht von mir – und einen Moment fürchte ich, dass die Kälte zurückkommt – doch nichts geschieht. Wie ein Berg, den es zu bezwingen gilt, ragt der Hexenjäger vor mir auf. Seine Augen funkeln so schwarz wie die Nacht.

»Liebe«, sagt er und es klingt wie das Knurren eines Wolfes. »Du willst lernen zu lieben? Oder willst du geliebt werden? Da besteht ein Unterschied, den du wahrlich nicht erkennen kannst, nein! Denn du hast kein Herz.«

»Doch«, erwidere ich leise und fühle ein Stechen in der Brust.

Ein neuer Schmerz.

Süß und bitter zugleich.

»Dann ist es kalt wie Eis. Genau wie dein Prinz. Ihr seid ein feines Paar!«

Ich schüttele den Kopf. »Meine wahre Liebe«, sage ich und es fällt mir schwer, nicht zu weinen. »Es ist mein eigener Zauber. Es war so einfach. So perfekt.« Ich streiche die einsamen Tränen von den Wangen.

»Warum warst du in dem Turm?«, fragt er erneut und ist der Antwort so nahe.

»Weil sie mich betrogen haben«, weiche ich aus.

»Wie konnten sie dich betrügen?« Er drängt mich, als habe er mich bei einer Lüge ertappt.

»Du fragst, warum ich nicht tot war?« Ich atme tief ein, spüre, wie mein Widerstand erwacht. »Der Grund ist einfach: Ich war zu mächtig, um getötet zu werden. Du glaubst, die Eishexe sei unsterblich? Sie ist ein Witz, sie ist ein Nichts gegen das, was ich war!« Und ich weiß, dass ich niemals sagen kann, was

wirklich in diesem Turm passierte, vor so vielen Jahren. Niemals kann ich gestehen, dass es in meiner perfekten, grausamen Welt nur eine einzige Schwachstelle gab: die Liebe. Und bevor ich verstehe, was passiert, sind die Worte schon hinaus: »Ich wollte geliebt werden.«

Ich schlage die Hände vor den Mund, und während sich meine Augen vor Entsetzen weiten, sehe ich in seinen das Verständnis aufblitzen. Die Puzzlestücke fügen sich zusammen.

»Dornröschenzauber«, sagt er und dieses eine Wort umfasst mein ganzes tragisches Schicksal.

»Sie haben mich betrogen«, flüstere ich erstickt. »Sie haben meinen Körper in diesen Turm gesperrt, versteckt vor den Menschen, geschützt durch unzählige Zauber. Niemand hatte die Chance, zu mir zu gelangen. Niemand konnte mich erlösen.«

»Bis gestern«, sagt er ruhig.

»Bis gestern«, schluchze ich. »Und jetzt ist er tot.«

In meinen Tränen fließen die verlorenen Hoffnungen. »Er war der Eine. Meine einzige Chance.«

»Er war ein aufgeblasener Schwamm, unfähig zu überleben«, sagt der Hexenjäger kalt. »Ohne meine Führung hätte er die Hecke nie bezwungen, nie den Turm erreicht. Er ist ein Versager, der von seinem Vater gezwungen wurde, auf Reisen zu gehen, um zu einem Mann heranzureifen.«

»Was willst du von mir?«, rufe ich erstickt. »Du rettest mich, du berührst mich als würdest du mich lieben, aber du hasst mich. Was willst du von mir?«

Die Antwort kommt schnell: »Ich will deine Schwestern töten und du wirst mir dabei helfen.«

Ich lache auf, schluchze zugleich. Natürlich.

»Und wenn wir sie alle getötet haben?«, frage ich. »Wirst du dann mich jagen?«

Diesmal denkt er länger nach, seine Wimpern zucken kurz. »Ja«, sagt er schließlich. »Du bist eine Hexe. Du bist wie sie.«

Ich nicke. Die Liebe habe ich verloren. Was bleibt, ist Vergeltung. »Dann lass uns jagen.«

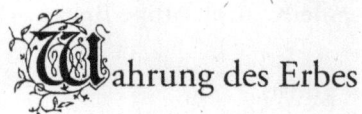ahrung des Erbes

Helden. Jede gute Geschichte braucht Helden. Keine perfekten Helden, nein, sie dürfen Fehler machen, sie dürfen von ihrem Weg abkommen. Aber am Ende treffen sie die richtigen Entscheidungen. Sie sind gut. Sie sind, wie wir sein wollen.

Ich bin keine Heldin.

Ich bin die Antiheldin. Und mag ich mich noch so sehr bemühen, ich werde niemals die Gute sein. Ich kann nicht gewinnen, weder im Märchen, noch im wahren Leben. Ich bin dazu verdammt, den Weg zu gehen, der mir bevorsteht. Er bringt mich ans Ziel. Es steht alles geschrieben. Ich bin die Böse.

Ich sehe es in den Blicken der Sieben Männer. Obwohl sie bemüht sind, mir Wohlwollen entgegenzubringen, wundern sie sich über meine Heilung, meine Rettung vor dem sicheren Tod.

Auch wenn ich wollte, ich kann ihnen keine Antwort geben. Ich verstehe es selbst nicht.

Während ich unauffällig den Hexenjäger betrachte, wie er entspannt zwischen seinen Freunden sitzt, bemerke ich, dass auch er mich im Auge behält. Er traut mir nicht und ich frage mich, welche Rolle er spielt. Ist er ein Held? Oder ist er wie ich?

»Beim Bart der Riesen, eine wahrhaftige Meerjungfrau, sagst du?«, ruft der Zweite und hebt ein Glas mit blutrotem Wein. »Du bist verfolgt vom Glück, mein Freund. Eine Meerjungfrau, so etwas aber auch!«

»Hat sie dir einen Wunsch erfüllt?«, fragt Peter, der Koch und beugt sich weiter über den Tisch, der sich unter deftigen Speisen zu biegen scheint: gebratene Gänse in goldenen Soßen, dampfende Schüsseln voll Obst und Gemüse, herrlich nach Kräutern

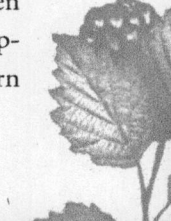

und Schmalz duftende Keulen, saftige Braten. »Was hast du dir gewünscht?«

Der Hexenjäger grinst.

»Wenn er es verrät, geht es nicht in Erfüllung!«, brummt Kord schmatzend. Seine Hände triefen vor Fett. Seine Wangen glühen. »Aber wenn ihr mich fragt, dann sollte er die verfluchten Hexen zum Teufel gewünscht haben.«

»Zumindest zum Mond«, pflichtet ihm ein anderer bei. Ich verschlucke mich prompt an meinem Wein. Mein Sitznachbar schlägt mir auf den Rücken. Mir kommen die Tränen. Sie hassen uns Feen, genauso wie alle anderen uns auch hassen. Hastig ziehe ich die Ärmel des geborgten Hemdes fester um mein Handgelenk.

»Nah dran«, meint der Hexenjäger trocken und mustert mich aus dunklen Augen. Erkennt er mein Unbehagen?

»Wie sah sie denn aus?«, fragt der Mann, der mir hilfsbereit auf den Rücken klopft. »War sie so schön, wie man sagt?«

»Schöner«, antwortet der Hexenjäger und die Männer pfeifen anerkennend.

»Schöner als unser weiblicher Gast?«, fragt der Jüngste unter den Männern und strahlt mich an. Betretenes Schweigen. Ich merke, wie mir das Blut ins Gesicht strömt, und senke hastig den Kopf. Auf manche menschlichen Eigenschaften könnte ich nur zu gut verzichten.

»Nein«, höre ich den Hexenjäger leise antworten. »Nein, lange nicht so ...«, er zögert.

»Atemberaubend?«, hilft der Junge aus und ich blinzele ihm zu. Er meint es gut. Er ist nett zu mir.

»Ja«, sagt der Hexenjäger leise. »Atemberaubend.«

Kord räuspert sich. »Es ist jedenfalls schön zu wissen, dass es die Meerjungfrauen noch gibt.«

»Richtig«, stimmt ihm der Mann neben mir zu. »Schlimm genug, dass unsere Vorfahren den Hexen zum Opfer fielen.«

»Eure Vorfahren?«, platzt es aus mir heraus. Ich erwarte Furcht, Scheu. Doch der Mann lächelt nur. Er gießt mir neuen Wein in meinen goldenen Becher.

»Einst waren wir zahlreicher als die Menschen der grünen Ebene. Wir lebten in den unterirdischen Städten des Siebengebirges. Wir liebten den Frieden der Abgeschiedenheit. Alles, was uns erfüllte, fanden wir in der Erde: Gold, Silber und Metalle, die es zu schmelzen galt, glitzernde Steine in unseren Händen. Wir erschufen prächtige Straßen, Häuser und Paläste mit goldenen Fassaden«, erinnert er sich. Sein Blick ist versunken, so als wäre er dort und nicht hier. »Die Heiligen Quellen sprudelten in wunderschönen Brunnen. So klar und rein.«

»Alles war erfüllt vom blauen Feuer«, wispert der jüngste unter den Männern und ich frage mich, wie lange ihre Stadt schon verloren ist. »Die Kinder, sie spielten mit dem Feuer. Es gab uns Licht und Wärme. Es war so wunderschön!«

»Die Felsen sangen ein ewiges Lied. Sie schenkten uns verborgene Schätze und wir hüteten ihre Geheimnisse«, erzählt Kord mit belegter Stimme. »Aber das ist lange, so lange her. Niemand kann mehr die Stimme der Felsen hören.«

Stille, furchtbare Stille.

»Was ist passiert?«, frage ich und will die Antwort doch nicht wissen.

»Der Bau unserer Städte dauerte fünf Jahrhunderte. Ihr Zerfall brauchte kein halbes«, murmelt Kord.

»Eine Hexe«, sagt der Hexenjäger und die Männer nicken stumm. *Eine Hexe.* Ich fühle, wie etwas meine Kehle zuschnürt und mich am Atmen hindert.

Beklemmung. Schuld.

»Wir haben alles verloren«, sagt Peter.

»Wir sind die Letzten unserer Art«, sagt Kord.

»Wir können niemals zurück«, sagt der Jüngste.

»Es tut mir leid«, wispere ich und meine Zunge fühlt sich schal und bitter an. Schuld. So schmeckt Schuld.

»Weine nicht«, tröstet mich der Mann neben mir lächelnd und reicht mir einen kleinen Diamanten, so einen, wie sie zahlreich unter der Decke hängen. Ein kleiner, blauer Funken tanzt in seinem Innern. »Wir hatten Glück, sie konnte nicht alles zerstören«, sagt er lächelnd. »Wir sind noch da. Und solange es uns gibt, wird das heilige Feuer weiterhin brennen.«

Glück. Ich betrachte den kleinen Splitter in meiner Hand, fühle die klitzekleine Energie in seinem Innern, und ich verstehe, warum die Kinder es liebten.

Unendlich traurig erkenne ich, dass ich es hätte sein können, die ihre Städte zerstörte, ihre Brüder und Schwestern tötete, sie aus ihrer Heimat vertrieb. Ich hätte es sein können. Doch die Tatsache, dass ich schlief, macht es nicht besser. Eine meiner Schwestern rottete ein Volk aus.

Ich begegne dem forschenden Blick des Hexenjägers. Ich verstehe es selbst nicht, möchte ich ihm zurufen. Ich verstehe selbst nicht, was ich fühle, wer ich bin!

»Was ist aus der Stadt geworden?«, frage ich, bemüht, meine Gefühle zu ordnen und sie zu verstehen.

»Sie liegt verlassen«, sagt Kord.

»Was die Hexe nicht zerstörte, zerstört die Zeit«, sagt ein anderer.

»Seltsame Kreaturen sind dem Ruf des Unheils gefolgt, sie lauern nun in den Tiefen des Berges«, wispert der Jüngste. »Ihre Schreie hallen durch die verwaisten Hallen, ihr Gestank sickert durch alle Tunnel ...«

»Es ist nicht sicher dort«, nickt Kord. »Dennoch besuchen wir sie jeden Tag.«

»Jeden Tag«, stimmen die anderen zu.

»Wir retten die Schätze, die unsere Vorfahren einst hoben.« Er zeigt ausschweifend in den Raum. Überall glänzt und glitzert es. »Alles, was du siehst, ist ihr Erbe. Wir hüten es. Wir schützen es.«

»Und ab und zu verkaufen wir etwas davon«, kichert der Koch.

»Wir können gut davon leben«, sagt der Jüngste zufrieden.

»Warum?«, frage ich. »Warum verkauft ihr das Einzige, das euch von ihnen geblieben ist?«

Der Mann neben mir lacht: »Bist wohl ein Sensibelchen, hm?«

»Gold ist schön und gut, Diamanten auch, aber davon wirst du nicht satt«, erklärt Peter. »Was bringt all der Reichtum, wenn niemand mehr da ist, um ihn zu bewundern? Eine anständige Mahlzeit macht viel glücklicher als alles Gold der Erde.«

»Ein wahres Wort«, sagt der Hexenjäger und hebt sein Glas. Die anderen folgen. Gläser klirren, Rotwein spritzt. Die Männer langen ein zweites Mal kräftig zu, Peter holt ein neues Fass Wein. Die letzten ihrer Art, sie feiern und trinken und essen, während der Nordwind ihr Heim zu zerstören sucht. Die Eishexe weiß, dass ich hier bin.

Wie lange wird sie ausharren?

Ich lausche ihrem ewigen Heulen.

Sie wird nicht aufgeben.

Ich täte es nicht.

Die Hand des Hexenjägers legt sich auf meine Schulter. »Komm«, sagt er. »Du musst schlafen.«

»Wozu?«, frage ich und bemerke, dass sich der Tisch geleert hat. Abgenagte Knochen, geplünderte Schüsseln, verwaiste Stühle. Still ist es. »Wo sind sie hin?«

»Schlafen«, antwortet er. »Morgen brechen wir auf.«

»Die Eishexe wird uns nicht lassen.«

»Sie hat keine Wahl«, sagt er. »Wir nutzen einen verborgenen Weg.«

Ich nicke nur matt. Er wird es schon wissen.

Müde. Ich bin müde. In meinem ersten Leben schlief ich selten. Ich erinnere mich kaum an die matte Müdigkeit. Menschlich. Sehr menschliche Müdigkeit.

»Komm«, wiederholt er und führt mich zurück in den Raum mit der goldenen Wanne. Alles ist Gold. Er schließt die Tür hinter sich.

»Wo wirst du schlafen?«, frage ich.

Er setzt sich auf die breite Fensterbank. »Leg dich hin. Ich schlafe nicht.« Er traut mir nicht. Egal was zwischen uns passiert ist, er traut mir nicht.

Ich kuschele mich in das weiche Eisbärenfell. Es riecht nach ihm. Obwohl ich mich fürchte zu schlafen, obwohl ich fürchte, dass die Jahre während meines Schlafes wieder zerfließen, zwinge ich die Lider nieder.

Schlaf ein, flüstere ich mir zu. *Morgen wachst du wieder auf. Morgen. Du wachst wieder auf!*

Doch die Angst bleibt, sie beherrscht meinen Körper. Furcht, menschliche Furcht.

Ich kann nicht, *ich kann einfach nicht!*

»Ich werde dich wecken«, höre ich den Hexenjäger murmeln und seltsam getröstet von seinen Worten übermannt mich der lauernde Schlaf, zieht mich hinab in sein dunkles Reich.

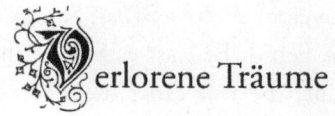erlorene Träume

Als Kind litt ich unter Albträumen. Sie kamen jede Nacht. Schweißgebadet fuhr ich hoch. Kreischend. Wimmernd. Tröstende Hände, gemurmelte Worte. Wir waren Schwestern. In den schützenden Armen der Ältesten, die von jeher den Winter liebt, fand ich zurück in den Schlaf. So war es immer. So sollte es sein.

Die Zeit verging. Wir wuchsen heran. Irgendwann verblassten die Alpträume und ich träumte gar nichts mehr.

Bis heute.

Die Albträume sind zurück.

Flieh mein Herz, flieh, so weit du kannst!

Meine Mutter schreit, während die Flammen ihr die nackte Haut von den Knochen lecken. Der Geruch nach verbranntem Fleisch, der beißende Rauch.

Ich kann nicht atmen! Ich kriege keine Luft!

Plötzlich bin ich es, die schreit, und alle Menschen stehen in Flammen. Sie brennen, sie alle brennen.

Nicht! Hör auf dein Herz, Liebling! Du bist anders! Du hast ein gutes Herz.

Nein, Mama. Habe ich nicht.

Der Schrei in mir wächst, bis nichts mehr übrig ist, bis nichts mehr da ist, das brennen kann.

»Es ist ein Traum, nur ein Traum«, flüstert mir jemand zu. »Wach auf.«

Der Hexenjäger. Seine Hand berührt mich an der Schulter. Trost. Wärme.

Ich bin nicht im Dorf. Ich bin nicht das kleine Mädchen. Meine Hände stehen nicht in Flammen.

Ein Stöhnen entweicht meiner Brust. Schluchzend klammere ich mich an meinen Feind. Er lässt es zu. An ihn gelehnt, finde ich die Geborgenheit, die mir einst die Eishexe schenkte und mein weinendes Herz beruhigt sich.

Ich presse mein Gesicht fester an ihn. Er ist mein Feind. Er will mich jagen.

Warum ist es dann so schwer, ihn zu hassen?

Und verzweifelt wünsche ich, nicht die zu sein, die ich bin. Nicht von Rache getrieben, von den Geistern der Vergangenheit, sondern eine einfache Frau, in einem Heim wie diesen, mit ihm an meiner Seite. Ohne Vergangenheit, ohne Schuld.

Noch während ich mir vorstelle, wie es wäre, mit ihm hier zu leben, am Hang des Siebengebirges, reißen die Fensterläden auf und die Scheiben zerbersten unter dem wütenden Ansturm des Nordwindes. Zu spät bemerke ich meinen Fehler.

Ich habe die Regel gebrochen. Ich habe meiner Schwester die Tür geöffnet.

»Was hast du getan?«, brüllt der Hexenjäger und zerrt mich hoch. Der eisige Wind tobt durch die Öffnung in der Wand, zischt durch die Ritzen der Bretter. Fenster bersten, die Tür gibt krachend nach. »Los!«, brüllt der Hexenjäger und reißt mich fort. Wir fliehen zum klaffenden Loch, das einst die Tür war, die kalkweißen Männer kommen uns entgegen. Blanke Furcht steht in ihren Augen.

»Ihr müsst sofort verschwinden!«, brüllt Kord gegen den Sturm. Er kämpft sich zum Tisch, versucht ihn zu schieben. Die anderen folgen, stemmen sich gegen das schwere Möbelstück. Es ruckt. In diesem Moment ertönt ein hungriges Knurren. Rote Augen glühen in der Dunkelheit der Nacht, eine samtweiße Pfote tritt in den Lichtkegel vor der Tür.

Ein Wolf.

Der Hexenjäger greift nach seinem Schwert, der Wolf hetzt herein. Er stürzt sich auf ihn. Nur knapp verfehlt das Schwert sein Ziel. Die scharfen Zähne des Wolfes schnappen nach seiner Kehle. *O Gott!* Und ich kann nichts tun. Ich stehe nur da, ohnmächtig und gelähmt. Sie stürzen, rollen über den Boden. Der Hexenjäger verliert sein Schwert, kämpft mit bloßen Händen, hält den gewaltigen Kopf des Eiswolfes auf Abstand. Die Zähne ... so viele Zähne! Die Männer schreien. Sie pressen verzweifelt gegen den Tisch, er bewegt sich, dann rutscht er über die Holzdielen, fort von der Luke, die unter ihm versteckt ist.

»Ihr müsst hier rein!«, brüllt Kord so laut er kann. Peter schwingt eine Spitzhacke, zielt auf den schneeweißen Pelz. Doch es ist kein normaler Wolf. Es ist der Diener der Eishexe. Er lässt vom Hexenjäger ab und stürzt sich auf Peter. Sein mächtiger Kiefer schließt sich knirschend um den Arm des verblüfften Kochs, schleudert ihn fort. Krachend landet er an der Wand und sackt leblos zu Boden, eine rote Spur hinterlassend.

Der Wolf wendet sich knurrend seinem nächsten Opfer zu. Die Zähne gefletscht, der Speichel vermischt mit Blut. Rot ist seine Schnauze, rot seine Spuren auf den Dielen. Der Jüngste kauert unter dem Tisch, die Hände auf die Ohren gepresst, die Panik in seinem Blick. Das nächste Opfer.

»Nein!«, brülle ich in den pfeifenden Sturm und weiß nur eines. Ich kann nicht zulassen, dass noch jemand zu Schaden kommt. Nicht meinetwegen!

Die glühenden Augen finden mich und ich sehe den Tod in ihnen. Er ist hier, um mir den Tod zu bringen. Er knurrt. Da bin ich, seine Beute. Er setzt auf mich zu. Er springt. Ich schließe die Augen, erwarte den tödlichen Biss.

Für einen Moment steht die Zeit still ... Und ich sehe sie vor mir, meine eisige Schwester. Wie sie mich in den Armen hält,

wie sie ein Lied für mich singt. Mir leise ins Ohr flüstert, dass alles ein böser Traum ist. *Du bist in Sicherheit. Ich bin da.* Und leise streicht sie mir über den Kopf, während ich in ihren Armen zurück in einen traumlosen Schlaf falle. Traumlos, warm und dunkel. Ist so der Tod? So sanft?

Doch ich spüre keinen Schmerz. Der Wolf, er hat mich verfehlt. Ich höre es krachen, öffne die Lider. Er liegt zwischen den Stühlen, der Hexenjäger auf ihm. Er hat mich gerettet, schon wieder!

Der Wolf wirbelt herum, er kämpft gnadenlos. Es ist kein Tier. Es ist ein Monster! Sie rollen übereinander und ich erkenne, dass der Hexenjäger keine Chance hat. Nicht gegen diese Bestie. Sie fletscht die Zähne und ich weiß, dass sie ihn töten wird.

In mir erstarrt alles. *Nein! Nur nicht er!* Der Nordwind lacht höhnisch durch alle Ritzen, er umgibt mich, er stößt mich.

Der Nordwind – Fluch meiner Schwester!

Ich reiße meine Hände empor und die Magie der Eishexe folgt meinem Ruf. Meinem Willen. Mit aller Kraft lasse ich den Nordwind gegen den Wolf fahren. »Zurück!«, befehle ich. Fort von ihm, fort von dem Hexenjäger. Der Wolf jault, er wimmert. Er widersetzt sich. Er ist ein Wesen aus Fleisch und Blut, nicht aus Magie, doch der Nordwind zwingt ihn nieder und sein pelziger Körper wird gefressen vom Eis. Er kreischt, er kämpft, doch er stirbt. So wie mein Prinz im Wald.

Erst als das Fell gläsern glänzt, lasse ich den Wind ruhen.

Von draußen dringt das durchdringende Heulen Dutzender Wölfe. Sein Rudel.

Und plötzlich weicht die Magie. Sie fließt zurück, raus aus dem kleinen Haus. Der Nordwind verstummt. Stille, gespenstische Stille. Und ich erkenne, dass die Eishexe meinen Diebstahl

bemerkt hat. Ich stahl ihre Magie, jetzt nimmt sie sie mir: meine einzige Waffe. Statt des Nordwinds wird sie die Wölfe schicken. Und ich kann sie nicht aufhalten.

Dann höre ich die Pfoten auf dem Schnee. Sie kommen.

»Schließt die Türen und Fenster!«, weise ich die völlig verängstigten Männer an. Sie starren zu mir, sie haben erkannt, was ich bin und doch folgen sie meinem Befehl, so wie mir einst alle folgten.

»Das wird sie nicht aufhalten!«, ruft Kord. »Der Schutz der Sieben ist gebrochen. Ihr müsst gehen. Sofort! Erst wenn ihr das Haus verlassen habt, wird der Zauber seine Wirkung tun. Lauft!«

Der Hexenjäger greift nach meinem Arm und seinem Schwert. Er drängt mich vorwärts, hin zu dem klaffenden Loch im Boden.

»Eilt euch!«, ruft Kord vom Eingang. Die Stimme schrill vor Panik. Gemeinsam mit zwei weiteren stemmt er sich gegen das Türblatt. »Sie kommen. Sie kommen!«

Der Hexenjäger springt in die finstere Tiefe. »Schnell!«

Ich sehe mich ein letztes Mal in dem Heim um, in dem ich so viel Wärme und Behaglichkeit erlebt habe, wie noch nie zuvor. Doch der Frieden ist gebrochen. Peter, er liegt blutend am Boden.

»Was passiert mit ihm?«, frage ich.

»Er wird es schaffen. Lauf!«, brüllt Kord.

Ihre Pfoten im Eis, so nah, so viele. Ich höre ihr hungriges Knurren, ihren Blutdurst und springe. Die Arme des Hexenjägers umschließen mich, er fängt mich.

»Weiter«, flüstert er rau und zerrt mich durch die Dunkelheit.

Der Jüngste steckt den Kopf durch die Luke, er ruft uns hinterher: »Nehmt den dritten Gang in der großen Halle. Er führt euch zur Wasserstadt. Niemals den zweiten!« Dann knallt die Luke krachend ins Schloss und wir sind ausgesperrt.

Das Wolfsrudel jault. Der Zauber wirkt. Sie sind gerettet.

»Beim Mond sei Dank«, wispere ich. Mein Herz schlägt ungewohnt schnell. Furcht, so fühlt sich richtige Furcht an. Und die Freude über einen Sieg.

Der Hexenjäger wirbelt herum, presst mich gegen die rauen Felsen. »Verdammte Hexe!«, flucht er und ich spüre seinen Ärger. »Du selbst hast den Schutz der Sieben erfunden. Wie konnte dir das passieren? Wie kannst du auch nur daran denken, dort zu bleiben!«

»Es tut mir leid.«

»Es tut dir leid?«, echot er ungläubig. »Sie sind die Letzten ihres Volkes. Und was die mächtigsten Hexen seit hundert Jahren nicht geschafft haben, wäre dir in einer einzigen Nacht fast gelungen!«

»Sie leben noch«, flüstere ich matt. Ich hebe die Hände, blicke sie verwirrt an. Die Magie meiner Schwester, ich fühle sie nicht mehr, aber sie war da, in mir.

Er zieht seinen Dolch und presst ihn in meine Seite: »Ist deine Macht zurück?«

»Es war nicht meine Magie«, erkläre ich schnell, »sondern die meiner Schwester.«

Er mustert mich abschätzend. »Du hast sie gestohlen.«

»Ja«, sage ich und verstehe es selbst nicht.

»Du kannst sie stehlen?«, fragt er mit zusammengekniffenen Augen.

»Augenscheinlich«, antworte ich und atme tief ein. »Ich spürte sie. Ich rief nach ihr. Sie gehorchte.«

»Und jetzt?«

»Jetzt ist da nichts«, antworte ich wahrheitsgemäß.

»Draußen im Wald, du hättest dich retten können.«

»Da wusste ich es noch nicht.«

»Als der Wolf dich angriff, hättest du dich retten können. Stattdessen lässt du dich beinahe fressen.« Er stößt sich von mir ab. Das Messer wandert zurück in seinen Gürtel. Ich stelle keine Gefahr da. Noch nicht.

»Ich wusste nicht, dass ich Magie stehlen kann«, sage ich. *Erst als er ... ja, erst als er beinahe gestorben wäre. Oh, Gott. Alleine der Gedanke bereitet mir Übelkeit.*

»Wir sind quitt. Ich habe dich gerettet, jetzt du mich.«

Ich schlucke. »Ich hätte es nicht ertragen ...«

»Hör auf!«, fährt er mich an. »Du hast uns beinahe umgebracht!«

»Es tut mir leid«, sage ich zum vierten Mal in so kurzer Zeit. »Es ist neu für mich, schwach und menschlich zu sein. So viel zu fühlen.«

Seine Stimme ist eisig. »Diese Männer fühlen genauso. Jeden Tag müssen sie sich zwingen, nicht dem Wunsch nachzugeben, von einer anderen Zukunft zu träumen. Denn alleine der Gedanke würde sie alle in größte Gefahr bringen. Dies ist ihre Heimat – ihr letzter Zufluchtsort.«

»Ich weiß«, sage ich. Meine Freude über das geglückte Ende verblasst. »Es ist meine Schuld.«

»Richtig«, knurrt er.

»Ich hätte sie töten können.«

»In der Tat.«

»Es tut mir leid«, wiederhole ich.

»Das hilft niemandem.«

Er entzündet eine Fackel. Eine kleine, blaue Flamme. Sie streckt sich, sie tanzt. Die Augen des Hexenjägers glühen wie Kohlen. »Kontrolliere deine Gedanken. Deine Gefühle.«

»Ja«, flüstere ich. Er ist nichts gegen mein Leben und doch fühle ich mich wie ein dummes Kind. Er lehrt mich, was ich

längst wissen müsste. Zum ersten Mal seit unzähligen Jahren empfinde ich Scham.

Der Hexenjäger dreht sich um und schreitet den Gang entlang. Ich bemühe mich, barfuß über die kalten, glatten Steine zu folgen. Ich trage nur das Hemd des Hexenjägers. Nichts sonst.

Wir mussten so viel zurücklassen. Seinen Mantel. Seine Armbrust. Wir haben nichts zu essen, nichts zu trinken. Nur der kleine Diamantensplitter liegt fest in meiner Hand. Seine winzige Flamme wärmt meine Finger, sie spendet ein wenig Trost.

Ich folge dem Schein der Fackel, hinein in den Schoß der Erde. Die Wände des Tunnels glänzen feucht, die Luft ist stickig, fast wie im Turm. Mir wird schlecht. Eng, es ist so eng.

Ich konzentriere mich auf das monotone Tröpfeln der unterirdischen Rinnsale, das Summen der Steine. Sie singen ihr Lied – ich kann sie hören. *Ich kann sie hören!*

Am liebsten möchte ich umdrehen, zu Kord laufen und ihm von dem Lied der Steine erzählen. Doch ich weiß, dass sie mich nicht mehr einlassen würden. Ich bin jetzt ihr Feind und ebenso ausgeschlossen wie die Wölfe und der Nordwind.

Ich lege meine Hand auf den schroffen Fels, spüre ihr unendliches Alter, das selbst mich jung erscheinen lässt. Und auch wenn meine Magie mich vergessen hat – so haben die Felsen es nicht. Sie erzittern in Ehrfurcht, in stummem Erstaunen. *Willkommen zurück!*

»Was tust du da?« Der Hexenjäger schlägt meine Hand nieder. Der Tunnel bebt, die Wände ächzen. Fernes Grollen. Etwas stürzt ein. »Willst du uns umbringen?«

»Ich … nein«, stottere ich. »Ich habe nur dem Lied der Felsen gelauscht.«

Ungläubig schüttelt er den Kopf und packt meine Hand. »Komm.«

Sein Schritt ist schnell, der Boden eben: eine Straße. Fein gemeißelte Stufen, geschwungene Bögen. Große Hallen reihen sich an kleine. Dicht an dicht gedrängte Fassaden von einst prächtigen Bauten. Sie waren Meister. Sie erschufen eine unterirdische Stadt.

»Ist sie das?«, frage ich voller Ehrfurcht. Ich kenne diese Welt nicht. Erschaffen und gefallen während eines ewigen Schlafs.

»Die Stadt unter den Bergen«, antwortet er knapp.

»Deine Freunde, warum kommen sie nicht zurück und leben hier?«, frage ich leise, um die Ruhe der Geisterstadt nicht zu stören.

»Weil sie nicht können«, sagt er und nach einer Weile fügt er rätselhaft hinzu: »Weil das Unglück eingezogen ist.«

Gähnende Schlunde führen rechts und links ab, verbergen weite Teile der einst von Leben gefüllten Stadt, hüten Geheimnisse längst vergangener Zeiten. Fast ist es mir, als könnte ich die Schritte der ehemaligen Bewohner hören und ihre goldglänzenden Fassaden im Schein der Laternen funkeln sehen. Die Erinnerungen der Sieben halten diese Stadt lebendig: Solange es sie gibt, die letzten Wächter der Stadt unter den Bergen, wird sie fortbestehen.

Der Hexenjäger eilt weiter. Er zögert nicht. Er kennt den Weg. Tiefer und tiefer führt er mich durch die endlosen Straßen des Labyrinths. Weit hinter uns höre ich wie ein entferntes Echo das klagende Heulen des Nordwindes. Er kann uns nicht folgen. Er wird uns nicht finden.

»Erzähl mir von der Welt«, bitte ich meinen Gefährten, doch er schweigt. Seine Hand um meine geschlungen, wandern wir. Meine Hand in seiner.

Ich weiß nicht, wie viele Stunden wir gehen, vielleicht sind es auch Tage. Unermüdlich zieht der Hexenjäger mich vorwärts.

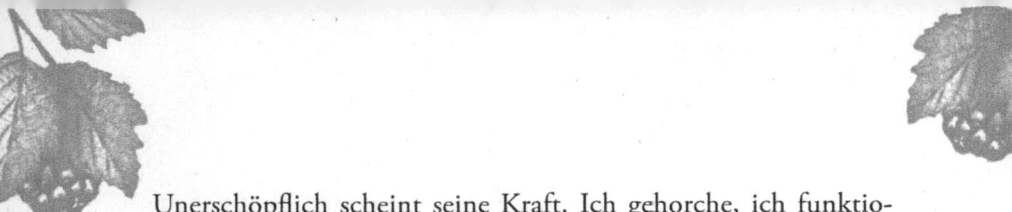

Unerschöpflich scheint seine Kraft. Ich gehorche, ich funktioniere, trotz des Verlusts meiner Magie, trotz der menschlichen Müdigkeit. Alles, was ich spüre, ist seine Nähe. Sie ist alles, was ich brauche.

Irgendwann erreichen wir die große Halle, von welcher der Jüngste erzählt hat. Steinerne Säulen erstrecken sich in die schier endlose Finsternis. Unsere Schritte hallen. Wir sind da.

Der Hexenjäger hebt die Fackel und wie von Zauberhand erstrahlt ihr Licht heller und heller und entblößt die drei Tore, die einst zu den letzten Tunneln führten. Nur noch das mittlere klafft höhnisch in der Wand. Die anderen sind vergraben unter tonnenschwerem Gestein.

»Verdammt.« Sein Fluch hallt von den Wänden, ganz so, als wolle uns die Stadt verhöhnen.

Erschöpft lehne ich mich an ihn, den Kopf an seinen Arm.

»Was tun wir jetzt?«, frage ich und kann ein Gähnen kaum unterdrücken.

»Frag doch die Steine!«, spottet er. Ich weiß, dass er wütend ist. Ich bin eine Last für ihn.

»Wir rasten.« Noch hat er sich nicht entschieden, wie es weiter gehen soll. Erst rasten wir.

Bei der Aussicht auf eine Pause übermannt mich die Müdigkeit. Er führt uns fort von dem gähnenden Tor, fort vom Schutt. Ich spüre kaum, wie er mich an eine Säule lehnt. Ich sitze noch nicht ganz, da bin ich schon eingeschlafen. Er wird mich wecken – da bin ich mir sicher.

Wach auf, Dornröschen«, sagt er sanft. »Genug geschlafen.«

Ich strecke mich gähnend. Es ist dunkel – die Fackel ist erloschen. Doch hoch oben am Gewölbe glitzern Hunderte von Funken. Blaue Flammen gefangen in diamantenen Käfigen.

»Die Sterne der Unterwelt«, sagt der Hexenjäger leise. Mein Kopf ruht auf seinem Schoß, seine Stimme kommt von irgendwo über mir. Er sitzt an eine Säule gelehnt. Ich kann ihn nicht sehen und doch habe ich das seltsame Gefühl, dass er mich ganz genau beobachtet.

»Sterne, ich habe lange keine Sterne gesehen.« Ob sie sich verändert haben? Ob manche von ihnen erloschen sind?

»Für jemanden, der die letzten einhundert Jahre verschlafen hat, schläfst du viel.«

»Hundert Jahre?«, rufe ich.

Ich höre ihn leise lachen. »Etwas mehr.«

»Wie viel mehr?«

Er lässt sich Zeit mit seiner Antwort. »Sehr viel mehr.«

So lange? Ich setze mich auf, greife nach seiner Hand. Seine Finger schließen sich um meine.

»Hast du Angst, mich zu verlieren?«, fragt er spöttisch.

»Ich kann nichts sehen.«

Die Fackel flammt auf, taucht uns in ihr blaues Licht. Seine Augen glühen. »Besser?«

»Ja«, sage ich und lasse ihn dennoch nicht los. Wir bleiben still sitzen. Irgendwo in der Dunkelheit führt unser Weg weiter. Ein gefährlich stiller Weg. Nichts, kein Laut dringt aus ihm zu uns herauf. Selbst die Felsen schweigen, so als hüteten sie ein grausames Geheimnis.

»Wohin führt der Weg?«

»Ans selbe Ziel. Nur ist der Weg steiniger.«

Ich hebe den Blick und sehe ihn an. Sein Daumen streicht sanft über meine Handinnenfläche.

»Was lauert dort?«

Er greift nach einer dunklen Haarsträhne, die sich aus meinem Zopf gelöst hat. »Etwas, auf das ich hoffte, erst später zu

treffen«, meint er. Seine Worte geben mir ein Rätsel auf. »Komm her.« Des Hexenjägers Finger schließen sich fest um meine, er zieht mich näher. Ein dunkles Versprechen in den Augen.

Ehe ich mich versehe, sitze ich auf seinem Schoss, klammere mich an seine kräftigen Schultern. Er greift an meinen Nacken, presst seine Lippen hungrig auf die meinen. Seine Finger streicheln meinen Hals, meine Wange. Dann sind sie unter dem viel zu großen Hemd, liebkosen meine Brüste, meinen Bauch und sie wandern tiefer, streicheln mich. Ich greife in seine weichen Haare. Seine Lippen sind so fest, so beständig. Mein Körper brennt, mein Herz steht in Flammen. Das soll keine Liebe sein? Unter den Sternen der Unterwelt, im matten Schein der blauen Flammen, vereinen wir uns erneut.

Jäger und Hexe – Mann und Frau.

»Was machst du nur mit mir?«, flüstere ich nah an seine Lippen. Mein Körper bebt, meine Glieder zittern. Ich fühle mich verletzlich.

»Du bist meine Gefangene«, meint er nur. Ich weiche zurück, um ihn zu mustern. Seine Züge sind entspannt, seine Augen sehen nur mich.

»Ist es üblich, mit seinen Gefangenen zu schlafen?«

»Nein.«

»Warum tust du es dann?« Ich beiße mir auf die Lippe. Ich ahne, dass mir die Antwort nicht gefallen wird.

»Dein Körper ist schön«, sagt er schlicht. »Und ich weiß nicht, ob ich jemals wieder dazu kommen werde.«

»Hm«, mache ich und bin enttäuscht, ja fast verletzt. Mein Körper ist begehrenswert. Aber ich will, dass er mich aus einem anderen Grund will. Ich will, dass er mich will. Seltsame Gedanken – so fremd dem, was ich immer war. Meine Schwestern würden mich nicht wiedererkennen.

Die Erinnerung an den Grund unserer Reise bringt mich zurück in die Realität. Zurück zu meiner Rache. Und ich begreife, dass – egal, was auf dieser Reise passiert – ich am Ende die Gejagte sein werde. *Magie, wo bist du?*, rufe ich still und bete, dass sie kommt, bevor ich weiß, wie es ist, sein Herz zu verlieren an jemanden, der nicht zurückliebt.

Schnell entwinde ich mich dem Griff des Hexenjägers und knöpfe das Hemd zu. Meine Hände zittern, so deutlich zeigt sich meine Schwäche. Ich spüre seinen nachdenklichen Blick.

»Wohin jetzt?«, frage ich bemüht ruhig.

Er erhebt sich, prüft den Sitz seines Schwertes. Der Weg, der vor uns liegt, ist ein düsterer, ein gefährlicher. »In den Tunnel. Es ist der einzige Weg.«

»Wie schlimm wird es?«, frage ich mit aufkeimender Angst.

Seine Hand legt sich auf meine Taille, er zieht mich heran. Sein Blick ist dunkel. »Kontrolliere deine Furcht! Ihre Macht zieht sie aus der Furcht.« Und während seine Lippen ungewöhnlich sanft die meinen berühren, verstehe ich endlich, was oder besser gesagt *wer* uns im zweiten Gang erwartet.

Hand in Hand treten wir der ersten Schwester entgegen.

ie Kinderfresserin

er Gang führt steil hinab. Kein Wind, kein Lüftchen regt sich. Doch endlich … endlich spüre ich Magie. Keine verwässerte wie die des Nordwinds. Nein, richtige, reine Magie, wie sie nur in der unmittelbaren Nähe einer Fee zu finden ist. Sie steckt in den Wänden, in den Steinen – alles ist mit ihr durchwoben. Es ist die Macht einer der Dreizehn Schwestern. Ich genieße das vertraute Kribbeln in meinen Fingerspitzen, die leise Wärme. Die Magie begrüßt mich als alte Vertraute und doch sind wir uns fremd.

Etwas knackt unter unserem Schritt. Knochen – winzige Schädel, Tausende von Gebeinen.

»Kinder«, seufze ich und weiß, wer uns erwartet. »Lockst du sie immer noch mit Süßigkeiten?«

»Aber natürlich«, antwortet meine Schwester kichernd, der Hexenjäger zieht sein Schwert. Die blaue Fackel strahlt heller auf und enthüllt das schöne Antlitz der Kinderfresserin. Ihre krausen Locken glänzen feucht, ihre Haut schimmert blass wie der Mond. Sie ist anders als ich und doch mir so ähnlich. Ihre Augen strahlen in kaltem Blau.

Genau wie meine.

»Es ist lange her.«

»Nicht lange genug«, wispert sie kichernd.

»Natürlich nicht.« Ich rolle den Schädel eines Kleinkindes mit dem Fuß beiseite. »Wie ich sehe, hast du dich nicht verändert.«

»Du dich auch nicht«, zischt sie und Neid und Hass verzerren ihre Züge. »Du bist noch genauso schön wie vor tausend Jahren.«

»Tausend«, flüstere ich und erbleiche.

Sie lacht gackernd auf. »Du hast lange geschlafen, Schwesterlein. Die Welt hat sich verändert. Nichts ist mehr so, wie es war, nichts gehorcht mehr deinem Willen.«

So lange?

Meine Hand ballt sich zur Faust. Ich spüre sie, die Magie meiner Schwester, und doch ist es nur ein schwacher Abglanz der Macht, die sie vor langer Zeit besaß. Und ein Nichts gegenüber dem, was ich einst befehligte.

»Deinem auch nicht.« Ich empfinde fast Mitleid mit ihr, schmutzig, klein und zerbrechlich steht sie zwischen den Bergen aus abgenagten Knochen. »Was ist das hier? Deine Gruft? Als ich noch Königin war, ging es dir besser.« Ich hielt sie verborgen, fernab vom Lachen der Kinder, ihren Stimmen, ihren rosigen Körpern. Sie erträgt die Unschuld nicht, konnte sie nie.

»Ach, was weißt du schon«, blafft sie und schleicht einen Schritt näher. Knochen brechen unter ihren nackten Füßen. Ihre Augen blitzen und die Spur des Wahnsinns, die schon als Kind in ihr keimte, ist nicht mehr zu übersehen. »Niemand weiß, wie es ist«, flüstert sie.

»Früher haben wir uns umeinander gesorgt. Du bist einsam.«

»Und wenn schon!«, kreischt sie. »Was kümmern mich die anderen! Ich habe doch meine Kinder.« Fast liebevoll hebt sie einen winzigen Schädel auf, streicht zärtlich über den blanken Knochen. Ihr Blick voll entrückter Verzückung.

Vorwurfsvoll starren die leeren Augenhöhlen des Schädels mich an. Ich wusste schon immer, was sie war – wozu sie in der Lage war. Ich hätte es verhindern können. Ich hätte sie schützen müssen. Vor sich selbst.

»Du hast mich alleine gelassen«, jammert sie plötzlich. »Du hast mich alleine gelassen, wie all die anderen auch. Nur meine Kinder – sie sind bei mir. Sie sind die Einzigen …«

»Du hast mich betrogen, ihr alle habt mich betrogen«, sage ich und mein Zorn wächst.

»Ach ja?«, flüstert sie und wirkt ehrlich überrascht und ich begreife, dass nichts von ihrem Verstand geblieben ist. Von ihr werde ich keine Antworten bekommen. Der Wahnsinn lodert in ihrem Blick und der Zauber schwankt, der die Relikte ihrer vergangenen Schönheit aufrechterhält. Gammelige Haut spannt sich über einen fast haarlosen Kopf, die Augen zwei glühende Punkte in eingefallenen Höhlen.

»Nicht!«, kreischt sie und hebt ihre Hände, um sich vor meinem Blick zu verbergen. Ihr verdorbenes Leben hat ihr alles genommen, ihren Stolz, ihre Würde, ihre Schönheit. Sie hat sich nur für mich herausgeputzt, das erkenne ich. Sie hat mich erwartet, den Zauber über ihre wahre Gestalt gelegt, ihr hässliches Äußeres verborgen, welches sie als das Monster enttarnt, das sie wirklich ist: eine Sklavin ihrer eigenen Macht. Ich spüre, wie verzweifelt sie die Magie zu sammeln und die Maske aufrechtzuerhalten versucht. Ein schiefer Mund, halb voll, halb geifernd, ein zerrissenes Gesicht – nur zur Hälfte vom Zauber beschönigt.

»Warum bist du hier? Willst du dich ergötzen, an dem, was aus mir geworden ist? Dann sieh mich an, Schwester, sieh mich an!«, heult sie und ihre Schluchzer hallen wie ein Chor aus Tausenden von Kinderstimmen von den Wänden. »Oder willst du Rache?«, flüstert sie beinahe erstickt und plötzlich ahnt sie die schreckliche Wahrheit. »Darum bist du hier, nicht wahr? Du willst mich töten.«

»Ich hätte es vor langer Zeit tun sollen, bevor du ein Monster wurdest«, sage ich leise und trete ihr entgegen. Ich fürchte mich nicht. Alles, was ich empfinde, ist Trauer. Ich dachte, er würde mich befriedigen, der Gedanke an Rache. Aber bei ihr, meiner kleinsten Schwester, empfinde ich nur Schmerz. Und der Hass

auf die anderen wächst. Sie haben sie sich selbst überlassen. Sie haben sie ihrer Angst und ihrem Wahnsinn ausgeliefert. Tausende Kinder, das Volk der Sieben Männer. So viele Opfer. Genau wie sie selbst eines ist. Summend wiegt sie sich vor und zurück, die Augen gehetzt.

»Gretchen«, flüstere ich ihren Namen und ihre Augen weiten sich vor Schreck.

»So hat mich schon lange niemand mehr genannt«, wispert sie und weicht auf ihren Berg aus blanken Knochen. »Hans?«, flüstert sie plötzlich und starrt den Hexenjäger an. »Hans, bist du da?« Ihr Blick fliegt zu mir. »Du hast ihn getötet! Du hast ihn getötet!«, schreit sie. »Du hast Hans getötet!«

»Zurück«, ruft der Hexenjäger und greift nach meinem Arm.

Im nächsten Moment brechen Tausende von Kinderseelen aus den Wänden. Sie kreischen, toben und stürzen sich auf mich. »Du hast ihn getötet!«, schreien sie im Chor. »Du hast Hans getötet!«

Ihre kalten, kleinen Körper stürzen durch mich hindurch. Ihr Schmerz ist mein Schmerz, ihre Qualen sind meine. Mein Herz beginnt zu schreien, meine Muskeln zu krampfen. Der Hexenjäger brüllt etwas – sein Schwert schneidet durch die Kinderseelen wie durch Rauch. Ein unablässiger Strom frisst mich.

Mitten zwischen den Knochen sitzt die Kinderfresserin, zerbrochen, verloren, alleine. Was ist schon mein Schmerz gegen den ihren? Der Hexenjäger versucht, sie zu erreichen, ihren Zauber zu brechen, doch die Gebeine unter seinen Füßen zerbröseln, ziehen ihn hinab und halten ihn fest. Eine Hexe ist nicht leicht zu töten, mag es auch eine noch so schwache und verwirrte wie die Kinderfresserin sein. Doch ich weiß, was zu tun ist. Ich weiß, wie ich sie stoppen kann. Ich rufe die Magie meiner Schwester und sie gehorcht.

»Gretchen«, wispert eine helle Stimme und der Schatten, der einmal meine Schwester war, richtet sich schlagartig auf.

»Hans?«, ruft sie erstickt. Die Geister verstummen, halten ein in ihrer Folter. Keuchend hole ich Luft, versuche den verzweifelten Schrei in meinem Inneren zu ersticken. Nicht jetzt, nicht hier! Der Hexenjäger kämpft sich aus den Knochen, der Blick entschlossen. Ich weiß, was kommen wird, doch ich darf nicht schwanken, nicht zögern. Ich konzentriere mich auf das Glühen in meiner Hand – und trotz der Schmerzen beim Anblick meiner zerstörten Schwester genieße ich die Macht.

Eine winzige, kleine Seele schiebt sich durch die anderen. »Gretchen, meine Schwester!«, ruft sie ruhig.

»Hans. Bist du es wirklich?«, schluchzt sie. In ihren Augen schimmern Tränen. Zögernd streckt sie eine schimmelnde Hand aus, berührt seine ausgestreckten winzigen Finger und sieht nichts als ihn. Ihre ganze Welt. Ihr ganzer Schmerz.

»Gretchen«, wiederholt er ihren Namen sanft. »Es ist Zeit heimzukehren.«

Das Schwert des Hexenjägers durchstößt die magere Brust der Kinderfresserin. Ich höre ihre Knochen brechen, ich höre ihren zischenden Atem, das Blut, das in ihren Lungenflügeln schmatzt. Die Kinderseelen zucken, wie in Erwartung eines neuen Angriffs. So leicht könnte sie alles verhindern, so leicht den Hexenjäger vernichten, doch sie ist gefangen in ihrer Kindheit.

»Komm mit mir«, ruft Hans und die Geister verblassen. Nur Hans bleibt.

»Ja«, flüstert die Kinderfresserin, ehe das Schwert sie ein zweites Mal durchbohrt. Ihr zähes Fleisch zerreißt, ihr Herz stolpert. Dann ist sie die schöne Frau, die sie einst war. Ihre Wangen glänzen, ihre Augen strahlen. Ihr Blick findet meinen und seltsamerweise lächelt sie plötzlich.

»Danke«, haucht sie, ehe der Hexenjäger mit einem finalen Hieb den Kopf von den Schultern trennt. Polternd landet er zwischen den Schädeln ihrer Opfer. Ihr Körper sackt zusammen. Mit ihrem Leben erlischt die Magie in meiner Hand. Hans entschwindet, ihre Schönheit verpufft.

Ich sinke erschöpft auf die Knie. Ich sehe kaum, wie der Hexenjäger die Haut mit dem Mal von dem leblosen Körper schneidet, ich höre nicht das leise Summen der Felsen, die den Tod der Jüngsten verkünden.

Niemand wird mehr an mir zweifeln, an meiner Rache.

Nur ich selbst.

Schweigend folge ich dem Hexenjäger hinaus aus der Gruft, die das Lebendgrab meiner Schwester war, so wie der Turm meines gewesen ist. Sie hat wie ich einen geliebten Menschen verloren, damals, als wir noch keine Monster waren.

»Wer war Hans?«

»Ihr Bruder«, flüstere ich. »Sie kam zu uns mit ihrem Bruder.«

»Du hast ihn getötet?«

»Nein«, rufe ich aus und spüre die Tränen auf meinen Wangen. »Sie selbst musste es tun. Er war nicht wie wir. So waren die Regeln. Hätte sie es nicht getan, so hätte sie Gretchen getötet.«

»Wer *sie*?«

Ich brauche lange, bis ich ihm antworte.

Als ich die Worte ausspreche, ist es mir, als würde ich Gretchens längst vergangene Schreie hören. »Die Feenmutter – die Frau, welche die Feenkinder zu sich nahm und alles lehrte. Sie war selbst eine Fee – eine grausame. Aber sie war die Einzige ...«

Ich schlucke schwer.

»Feenmutter«, sagt er.

»Es gibt sie nicht mehr.« Ich schließe die Augen. »Es gibt sie nicht mehr.«

Und ich erinnere mich, wie wir die beiden Geschwister Hand in Hand im Wald fanden. Gretchen und Hans. Er kam mit ihr, er wollte sie beschützen, er war ihr Bruder.

»Gretchen hat es nie verwunden.«

»Sie war ein Monster.«

»Sie ist nur das, was das Schicksal aus ihr machte«, verteidige ich sie heftiger als gewollt und denke an das kleine Mädchen mit den krausen Locken und der kessen Nase. »Kennst du das Märchen von Hänsel und Gretel?«, frage ich flüsternd. Er braucht mir nicht antworten, er weiß, dass nicht alle Märchen wahr sind. Nicht ganz zumindest.

Es gibt keine Happy Ends, es gab sie nie. Für keine von uns.

»Du hast es gegen sie verwendet. Du hast den Schmerz über den Tod ihres Bruders genutzt, um sie selbst zu töten.« Er sieht mich an, ich kann seinem Blick nicht standhalten. »Du bist gut.«

Gut? Die Tränen auf meinen Wangen sind noch nicht getrocknet. Es fühlt sich nicht gut an.

»Warum hast du sie schön gemacht?«, höre ich ihn fragen. »Warum diese Gnade? Ich dachte, du wolltest Rache.«

»Gnade?«, flüstere ich und denke an ihre Mühe sich zu verbergen, ihre Scham, und es zerreißt mir das Herz. »Sie ist tot, das ist alles, was zählt.«

Er schweigt lange, dann sagt er mehr zu sich selbst als zu mir: »Es scheint mir, dass sie niemals glücklicher und menschlicher war, als in dem Moment ihres Todes.«

Wir folgen dem stetig steigenden Stollen. In mir spüre ich den Nachhall all der Kinderseelen, all den Schmerz, den sie vor dem Tod erleiden mussten. Es ist der gleiche, der Gretchen ein Leben lang verfolgte. Niemand entkommt seiner Vergangenheit – niemand entkommt seiner Schuld.

Der Uhrmacher

Ticktack, Ticktack. Eine Stunde verrinnt, ein Tag. Ein Leben geht zu Ende, ein Neues beginnt. Und während der Tod unter den Lebenden unermüdlich seine Auswahl trifft, bleibt nur eines gewiss: Irgendwann ist jeder dran. Auch die längsten Leben werden eines Tages ihr Ende finden. Auch die der Hexen. Ihre Zeit ist gekommen – ich bin zurück.

Als ich das Licht der Welt erneut erblicke, die aufgehende Sonne und den sanft schimmernden Himmel, weiß ich, dass sie alles tun werden, um mich aufzuhalten.

Ich breite die Arme aus und blicke über die noch grünen Täler Pandoras. Das Jahr neigt sich dem Ende zu und nach dem Herbst folgt der Winter.

Schwestern – *ich bin zurück!*

An der Seite des Hexenjägers schreite ich die Hänge des Siebengebirges hinab und lasse die Stadt unter den Bergen mit all ihrer Traurigkeit zurück. Um uns herum erwacht die Welt. Blatt für Blatt öffnen sich die Knospen der herbstlichen Blüten, verströmen ihren milden Duft. Zwitschernde Vögel begrüßen den späten Tag. Die Luft ist erfüllt von ihrem allmorgendlichen Konzert.

»Ist es nicht wunderschön?«, rufe ich aus und werde von den Gefühlen übermannt. »Es sieht noch genauso aus wie damals. Nicht alles verändert sich, Hexenjäger, nicht alles!«

Ich tanze mit den nackten Füßen durch das taufeuchte Gras. Voller Ehrfurcht verneigen sich die Halme vor dem Schritt der Königin. Soll er sich wundern, soll er mich für verrückt erklären. Ich spüre das Leben.

Noch während die laue Sonne die Schmerzen von meiner Seele wäscht, zieht ein dunkler Schatten am Horizont auf. Rauch, Feuer, ungeheure Macht.

Ich halte in meinem Tanz inne. »Was ist das?«

»Die Drachenreiterin«, sagt er knapp und zieht weiter. »Komm.«

Ihm folgend lasse ich den großen, schwarzen Drachen nicht aus den Augen. Unermüdlich zieht er seine Kreise am Himmel. Ich höre ihn fauchen, ich höre sein mächtiges Herz dröhnen. Auf ihm sitzt eine meine Schwestern und lauscht der Kunde über den Tod der Kinderfresserin.

»Erzähl mir von ihr«, rufe ich dem Hexenjäger zu.

»Sie ist noch nicht an der Reihe.«

Mein Schritt stolpert. »Du hast eine Reihenfolge?«

Er wirft mir einen kurzen Blick zu. »Wir beginnen mit den Schwachen. Es wäre töricht, die Starken zu töten, um den Schwachen zu ermöglichen, sie zu ersetzen.«

»Die Starken zum Schluss.« Ich erstarre. »Ich war die Stärkste, bin es nicht mehr und doch stehe ich am Ende oder nicht?«

Er dreht sich nicht um, er antwortet nicht. Plötzlich bemerke ich, dass er nicht mehr meine Hand hält. Nicht, seitdem ich die Magie nutzte, um die Kinderfresserin zu vernichten – nicht meine Magie, sondern die meiner Schwester. Und endlich verstehe ich, dass er mich in dem Moment töten wird, in dem es meine eigene ist. Kein Risiko, er wird mir nicht erlauben, meine Macht zurückzugewinnen.

»Du wirst mich töten«, flüstere ich und endlich, endlich dreht er sich um.

»Was hast du denn erwartet?«, fragt er ruhig.

Ich schlucke. Nichts, möchte ich antworten, und doch alles.

»Warum haben sie dich verflucht? Weil du so gütig warst?«

»Nein«, gestehe ich.

Sein Blick ist sanft und doch entschlossen. »Ich kann es nicht zulassen.«

Nein, natürlich nicht. Er ist ein Jäger. »Was, wenn sie nie zurückkommt?«

Ohne mir zu antworten, setzt er seinen Weg fort, hinunter in die Täler Pandoras, zu den Städten der Menschen. Ich folge ihm schweigend, verzweifelt bemüht zu verstehen, was ich bin, was ich will und wer ich sein möchte.

Die alte Wasserstadt existiert nicht mehr. Nur noch ein einzelner Turm inmitten der Seen erinnert daran, wo sie gewesen ist – bevor ein unnützer Krieg der Menschen sie vernichtete. Die Seen sind gefüllt mit den Tränen der Gefallenen; es gab keine Sieger, nur Verlierer. Und während wir zur neuerbauten Wasserstadt am Ostufer laufen, lausche ich dem endlosen Klagen, das über den Wassern schwebt und ich erkenne, dass auch meine Schwestern an den Kämpfen beteiligt waren – die eine hier, die andere dort, eine dritte überall. Es gibt keine Einheit mehr, keinen Bund. Jede für sich, keine für alle. Das wird ihr Todesurteil sein.

Vor den Toren der Stadt drängen sich die Massen. Von allen Seiten streben Menschen herbei. Händler mit beladenen Karren, Bauern, Tagelöhner und Soldaten. Sie kontrollieren niemanden, jeder darf hinein und hinaus. Es ist anders als zu meiner Zeit.

Dutzende tragen seltsame, grüne Hemden. Sie haben Säcke und Kisten dabei, Karren voll Hab und Gut. Sie sind auf der Flucht, meine ich zu erkennen und frage mich, ob es je eine Zeit ohne Kriege geben wird.

»Wohin wollen sie?«, frage ich den Hexenjäger und folge ihm durch das dichte Gedränge. Ich falle in meinem Hemd zwischen den ärmlichen Menschen nicht auf. Nur der Hexenjäger in seiner

dunklen Rüstung mit seinem finsterem Blick und dem großen Schwert an der Seite steht im Mittelpunkt der Aufmerksamkeit. Die Menschen weichen ihm aus. Sie verstummen. Ich bemerke, wie sie ihn ansehen, mit Furcht aber auch mit Respekt.

»Wovor fliehen sie?«, frage ich und mustere eine Familie mit vielen kleinen Kindern. Sie sehen aus, als seien sie überstürzt aufgebrochen. Eines trägt keine Schuhe, zwei weitere schlafen erschöpft aneinander gelehnt. Die Mutter weint.

Der Hexenjäger strebt durch die Gasse, die sich bildet und durch das gähnende Tor in der grauen Mauer. Wie angespitzte, schwarze Zähne ragt das Fallgitter aus dem Spalt der Decke. Die gepflasterten Straßen pulsieren vor Leben. Es riecht nach Schweiß, nach Fäkalien. Zerlumpte Kinder jagen spielend durch die Menge. Vor den Gasthäusern bilden sich Schlangen. Ich höre die Wirte mit den Flüchtigen feilschen. Das Geschäft mit der Not läuft gut. Dutzende Stände reihen sich entlang der Stadtmauer. Frauen und Männer verkaufen lange, schlanke Pflanzen mit gezahnten Blättern. Andere weben Stoffe daraus, borstige Stoffe. Die Hände der Händler und Weber sind wund und rot. Doch die Goldstücke regnen in die von Blasen geschwollenen Finger.

»Was verkaufen sie da?«, frage ich den Hexenjäger. Er wirft nur einen kurzen Blick auf die Stände.

»Hoffnung«, antwortet er, »und Lügen.«

Obwohl die Menschen um uns herum eine seltsame Beklemmung verspüren, erkennen sie mich nicht. Sie wissen nicht, wer unter ihnen ist. Sie wissen nicht, wer ich bin. Aber sie erkennen den Hexenjäger. Mütter ziehen ihre Kinder zurück, der Schmied hält mit seiner Arbeit inne, die Marktschreier verstummen. Erst als wir die breiten Straßen hinter uns lassen, klingen die Rufe der Händler wieder und das Lied des Ambosses.

Das rege Treiben bleibt zurück, die Straßen werden schmaler, verlassener und schmutziger. Die dreckigen Fassaden der ärmlichen Häuser erstrecken sich so hoch in den Himmel, dass die Gassen im tiefen Schatten liegen. Fensterläden werden zugeschlagen, die letzten Menschen flüchten. Eine Ratte verbleibt allein im Rinnstein und knabbert an etwas, das einmal ein Hund gewesen sein könnte.

»Warum fürchten sie dich?«, frage ich.

»Sie fürchten nicht mich, sondern den Zorn der Hexen.«

Am Ende der dunklen Gasse leuchtet eine Laterne – quietschend schwingt sie hin und her und weist den Eingang zu einer Uhrmacherwerkstatt.

»Wohin gehen wir?«

Statt zu antworten, hält er mir die alte, reich geschnitzte Tür auf und mit einem letzten Blick auf die ausgestorbene Gasse trete ich ein.

Matt fällt das Licht der Laterne durch die bunten, verstaubten Glasscheiben der Fenster. Der Boden knarrt. Es ist dunkel. Nur die tanzenden Flammen einer Handvoll Kerzen enthüllen die Geheimnisse des winzigen Ladens. Neben alten, vergilbten Karten hängen und stehen unzählige tickende Uhren, dicht an dicht an den Wänden. Jede zeigt eine andere Stunde. Ihr monotones Ticken hallt von allen Seiten wieder. Ticktack, Ticktack, verrinnt die Zeit.

»Ah, du bist es«, ruft eine große Gestalt hinter dem schattigen Tresen. »Ich machte mir schon Sorgen um dich. Es heißt, die Hexen spielten verrückt. Die Eishexe rottet ganze Landstriche aus und die Drachenreiterin zieht seit Tagen ihre Runden. Hast du gesehen, wie voll die Straßen sind? Alle Menschen, die auch nur einen Funken Verstand besitzen, flüchten in die Städte. Es wird eng.« Der Uhrmacher tritt aus dem Schatten und strahlt

den Hexenjäger breit an. Er ist ein junger Mann, hübsch, mit dunkler Haut und funkelnden Augen. »Ist das dein Werk?«

»Nein«, antwortet der Hexenjäger knapp.

»Na, wenn du meinst«, sagt der Uhrmacher und grinst verschmitzt. »Und wer ist deine allerliebste Begleitung?«

Ehe ich begreife, wie mir geschieht, hat er meine Hand ergriffen und küsst sie einen Moment zu lang. Erwartungsvoll strahlt er mich an.

»Lilith«, antworte ich verwundert und lächele zurück.

»Lilith! Welch seltener Name!«, ruft er und lässt meine Hand nicht los. »Aber was tragt Ihr denn da! Nur ein Hemd? Hat man Euch überfallen?«

»Nein«, knurrt der Hexenjäger. »Sie ist meine Gefangene.«

»Aha«, sagt der Uhrmacher und zwinkert mir zu. »Was treibt dich zu mir? Willst du sie verkaufen? Ich nehme sie sofort!«

»Nein.« Der Hexenjäger greift besitzergreifend nach meinem Zopf. In der Enge des Ladens fühle ich mich zum ersten Mal winzig. »Ich bin hier, damit du mir mehr darüber erzählen kannst.« Er klatscht etwas auf den Tisch. Erst als der Geruch nach faulem Fleisch in meine Nase dringt, erkenne ich, was da auf dem Tresen liegt. Ich keuche, schlage die Hände vors Gesicht. Der Uhrmacher wirft mir einen überraschten Blick zu, während der Hexenjäger mich ignoriert.

»Du hast also eine erwischt«, sagt der Uhrmacher.

»Sag mir alles, was du über das Zeichen weißt.«

Langsam setzt sich der Uhrmacher hinter seinen Tisch. Er zieht den Hautstreifen näher heran und untersucht ihn unter einer Lupe. »Die Kinderfresserin«, sagt er schließlich. »Nicht schlecht.«

»Was weißt du darüber?«

»Sie tötete vor allem Kinder und …«

»Nicht über die Kinderfresserin ... das Zeichen, was weißt du darüber«, unterbricht er ihn. Fast zärtlich spielen seine Finger mit meinen Haaren. Was will er hier? Was will er von diesem Mann? Er weiß nichts, das ich ihm nicht sagen könnte.

»Es ist das Zeichen der Dreizehn Hexen. Der Legende nach sind sie Schwestern, von Natur aus böse. Sie sind nicht zu vergleichen mit den anderen Hexen. Nein, sie sind viel mächtiger, die Elite der magischen Wesen.« Er blickt kurz auf, um zu sehen, ob er diesmal richtig liegt. »Keiner weiß, woher das Zeichen stammt oder wieso sie es tragen. Nicht einmal ich. Es scheint ein Erkennungszeichen zu sein, vielleicht ist es aber auch mehr. Irgendeinen Sinn wird es haben.«

»Was weißt du über die Dreizehnte Schwester?«, fragt der Hexenjäger ruhig, doch der Griff um meinen Zopf wird fester. Meine Nackenhaare stellen sich auf.

»Wer ist er?«, frage ich.

»Er ist der Uhrmacher«, antwortet der Jäger ohne mich anzusehen. »Niemand weiß so viel über die Zeit wie er, die vergangene wie die kommende.«

Ich mustere den Uhrmacher misstrauisch.

»Die Dreizehnte Schwester«, fordert der Hexenjäger.

»Ähm, ja«, räuspert er sich. »Die Dreizehnte Schwester, ein Mythos ohne handfeste Beweise. Nicht einmal wir Uhrmacher wissen viel über sie. Der einzige Hinweis, dass sie wirklich existiert hat, ist das Zeichen: Dreizehn Schwestern. Fast vergessene Legenden berichten über ihre ungeheure Macht und ihr Wissen, ihre Härte und Grausamkeit. Sie soll ganz Pandora geeint haben. Das goldene Zeitalter wird es genannt. Aber selbst die zwölf anderen Schwestern leugnen ihre Existenz. Was soll ich dazu sagen?«

Er sieht zwischen uns beiden hin und her.

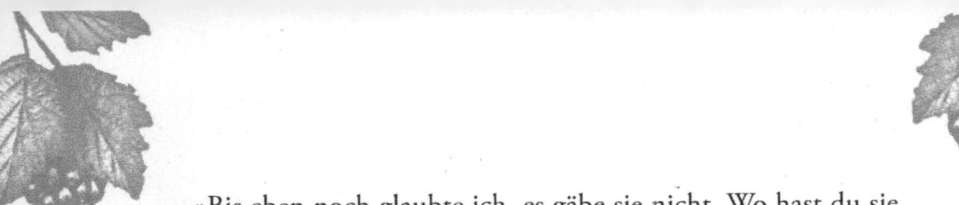

»Bis eben noch glaubte ich, es gäbe sie nicht. Wo hast du sie gefunden?«

Das Zeichen! Er hat es gesehen, als er meine Hand nahm. Ich fasse nach meinem Handgelenk, verdecke mit den Fingern das Symbol. Eines Tages wird es auf diesem Tisch landen. Ein Fetzen Haut.

»In einem Turm. Schlafend.«

»Ah, der Dornröschenzauber«, sagt er wissend und lächelt mich an. Fürchtet er sich nicht? Nein, aber aus einem anderen Grund als der Hexenjäger. Er weiß, dass seine Zeit noch nicht gekommen ist.

»Ich würde zu gerne eine Kostprobe deiner Macht sehen. Bitte!«

Ich weiche zurück. *Nein, denke ich, ich bin nicht was er erwartet, kann es nicht sein!* Mit dem Rücken stoße ich an den Hexenjäger. Seine Hand schließt sich um meinen Arm, ganz so, als fürchte er, ich könnte fliehen und doch will ich nichts weniger als das.

»Wenn ich das Zeichen nicht selber gesehen hätte …« Der Uhrmacher runzelt die Stirn. »Sind es denn alles Lügen?«

»Nein«, flüstere ich und versuche krampfhaft des Flatterns meines Herzens Herrin zu werden. »Einst beherrschte ich ganz Pandora.« Jetzt gehorcht mir nicht einmal mein eigener Körper.

»Soso.« Der Uhrmacher denkt nach. »Und was hast du mit ihr vor?«

»Wir werden ihre Schwestern jagen«, höre ich des Hexenjägers Stimme dicht bei mir.

»Und was willst du von mir?«, fragt der Uhrmacher und lächelt wissend.

»Wir brauchen Ausrüstung, eine Armbrust und Proviant. Und Kleidung«, fügt er mit einem Blick auf mich hinzu.

»Ach ja, das alte Spiel. Dich meiden sie natürlich, besonders jetzt, wo die Hexen ganz verrückt sind. Sie suchen dich, nicht wahr?« Er schlägt die Haut von Gretchen in ein Stück braunes Papier und verstaut es irgendwo hinter seinem Tresen. »Nun gut, dann werden wir zwei Hübschen wohl einen kleinen Bummel machen. Ich kenne eine ganz hervorragende Schneiderin, die schnellste der Stadt. Sie braucht nur deine Maße.«

»Nein.« Der Griff des Hexenjägers wird fester. »Sie bleibt bei mir.«

Der Uhrmacher sieht ihn vorwurfsvoll an. »Meinst du, sie könnte mir entwischen? Glaub mir, hier endet eure gemeinsame Reise nicht. Nun lass sie schon los. Ich bringe sie dir heil zurück!«

Doch seine Hand bleibt an meinem Arm.

»Du hast keinen Grund, dich zu weigern«, sagt der Uhrmacher. »Oder etwa doch?«

»Ich komme mit«, knurrt er.

»Aber dann wird uns niemand etwas verkaufen!«, behauptet der Uhrmacher und wirft die Hände über den Kopf. »Und genau das ist doch der Grund, warum du hier bist.«

»Ich komme mit«, beharrt er.

Plötzlich beginnt der Uhrmacher, herzlich zu lachen. »Ich wusste, dass es so kommen würde, aber ich konnte es einfach nicht glauben. Deshalb musste ich es selbst erleben.« Noch immer grinsend öffnet er mir die Tür. »Nach dir, liebe Lilith.«

Wie heißt Ihr?«, frage ich den Uhrmacher, als wir nebeneinander in der Schneiderei stehen. Eine Frau nimmt emsig Maß, während zwei junge Mädchen bereits fleißig nähen.

»Oh, mit Namen musst du vorsichtig sein, meine Liebe«, tadelt er mich sanft. »Weißt du denn nicht, dass sie der Schlüssel zu unserer Existenz sind? Ohne sie sind wir nur halb vollkom-

men. Deswegen ist es so wichtig, seinen Namen zu hüten, zu schützen. Er ist die Wurzel, der Ursprung«, erklärt er summend und sucht hier und da Stoffe aus. »Du würdest wundervoll in diesem dunkelblauen Samt aussehen, aber es ist einfach nicht das Richtige für diese Reise.« Er seufzt und wählt stattdessen einen tiefschwarzen, elastischen Stoff, der mich sehr an die Haare des Hexenjägers erinnert. Ich spüre seinen Blick. Ich brauche mich nicht umzudrehen, um zu wissen, dass er noch vor der Tür steht und uns beobachtet. Ich fühle das ängstliche Beben der Schneiderinnen, die Anspannung auf der Straße.

»Warum wusstet Ihr, dass er mitkommen würde?«

»Das ist mein Beruf«, antwortet er rätselhaft.

»Zu meiner Zeit gab es keine Uhrmacher«, sage ich und hebe die Arme, damit die Schneiderin meinen Brustumfang nehmen kann.

»Es ist lange her«, stimmt er zu und beobachtet mich genau.

»Tausend Jahre?«, frage ich.

Er zögert, doch dann nickt er. »Der Zerfall des Goldenen Zeitalters soll vor tausend Jahren begonnen haben. In den dunklen Jahren ging so viel an Wissen, an Kunst und Handwerk verloren, dass es jetzt uns Uhrmacher gibt. Egal, welche Reiche entstehen und zerfallen, welche Herrscher kommen und gehen – das Wissen der Zeit hüten wir, sodass es nie verloren geht.«

»Was seid ihr?«

»Menschen«, lacht er. »Mit ein bisschen Magie.«

»Magie?«, rufe ich aus. Die Schneiderin zuckt zusammen.

»Jaja«, fährt der Uhrmacher fort, als hätte er es nicht bemerkt. »Nicht alle Hexen der Dreizehn sind böse. Eine von ihnen erschuf unser Handwerk. Sie schützt es mit ihrem Zauber. Sodass wir ewig fortbestehen.«

»Wie alt seid Ihr?«

»Ich?« Er lacht. »Vierunddreißig heiße Sommer und kalte Winter. Es ist mein Handwerk, das sie schützt, nicht mich selbst. Ich bin ein einfacher Mensch.«

»Und er?«, frage ich und zeige zur Tür.

»Ah, naja, das ist etwas anders«, gibt er zu und greift nach meiner Hand. »Es ist Rache, die dich antreibt, nicht wahr?«

Rache.

Unmerklich versteife ich mich.

»Rache macht nicht glücklich«, meint er leise.

»Ich strebe nicht nach Glück.«

»Nicht?« Fragend zieht er eine Augenbraue hoch und seine Augen sind so viel weiser, als meine es je waren. »Bist du froh über Gretchens Tod?«

»Woher wisst Ihr ihren Namen?«

Er lächelt. »Wir wissen viel, aber nicht alles. Und nur wenig von dem, was vor dem Zerfall liegt, noch weniger von der Zeit bei der Feenmutter.«

Feenmutter. Ich hebe die Hand an den Mund. Feenmutter, ohne sie wären wir heute nichts, ohne sie wäre Gretchen niemals dem Wahn verfallen – niemand von uns.

»Gretchen musste sterben«, antworte ich bebend. »Es war das Beste für sie.«

»Du hast sie geliebt«, sagt er sehr zutraulich.

»Geliebt? Feen können nicht lieben.«

»Natürlich können sie«, sagt er leise und legt die Hände auf meine Schultern. »Es ist nur die Frage, ob sie auch wollen.«

»Nein«, beharre ich und denke an all die Jahrhunderte, in denen meine Schwestern und ich gemeinsam Pandora formten. »Ihr täuscht Euch – keine von uns liebte je.«

»Gretchen liebte Hans«, hält er dagegen. »Und du deine Mutter.«

Ich schlucke schwer. »Das war, bevor wir wurden, was wir sind.«

Er schüttelt nachsichtig den Kopf, ganz so als wäre ich ein kleines Kind. »Du warst schon immer Du.«

»Wie wollt Ihr mehr über mich wissen als ich selbst?«, fauche ich ihn an. »Tausend Jahre, und Ihr wollt mir erzählen, dass alles umsonst war? Dass ich auch so hätte lieben können? Niemals!«

Er hebt die Hände und weicht einen Schritt zurück. »Alles folgt einem Sinn«, sagt er nur.

»Tausend Jahre«, zische ich.

»Hast du dich je gefragt, warum gerade jetzt ihre Zaubersprüche gebrochen sind?«, meint er nur und zieht weitere Stoffe hervor. Schwarzes Leder, Trollhaut, Wolfspelz und einen wundervollen, weichen roten Stoff. »Das wird ein wunderschöner Mantel werden, passend zur Farbe deiner Lippen.« Mit einem Lachen türmt er die Stoffe übereinander und wirft ein klimperndes Säckchen oben drauf. »Zum Sonnenuntergang kommen wir wieder und holen die fertigen Sachen ab!«, ruft er und hält mir die Hand hin. »Komm, Lilith!«

Nach kurzem Zögern ergreife ich sie. Erst jetzt sehe ich die große, goldene Uhr an seinem Handgelenk. Ihre Zeiger stehen still, nur ein leises Ticken verrät, dass sie läuft.

»Die Uhren in Eurem Laden, sie zeigen alle eine andere Zeit an.«

»Natürlich«, meint er, ohne das Rätsel aufzulösen, und führt mich hinaus auf die überfüllten Straßen. Doch wie immer verstummen die Gespräche, sobald der Hexenjäger auftaucht. Selbst auf dem Marktplatz weichen die Massen auseinander, eine unheimliche Stille breitet sich aus. Dutzende Gesichter, Alt und Jung, zeigen dieselbe Vorsicht. Gaukler halten inne mit ihrem Spiel, ein Feuerspucker lässt seine Fackeln fallen.

»Was sagte ich?«, seufzt der Uhrmacher, nickt und lächelt höflich in die Runde. »Du hättest in der Werkstatt bleiben sollen. Jetzt werden wir keinen Proviant mehr bekommen. Du kannst von Glück sprechen, dass der Waffenhändler vorhin bereit war, eine Armbrust an mich zu verkaufen. Aber jetzt, bei dieser Aufmerksamkeit ... was hast du dir nur gedacht?«

Ich weiß nicht, was er antwortet.

Ich weiß nicht, ob überhaupt.

Mein Herz setzt aus.

Ein kleines Mädchen, vielleicht drei Jahre alt, sitzt unter einem Obststand und hält einen großen, rotbackigen Apfel in ihren winzigen, weißen Händen. Ihre Augen leuchten eisblau, sie lächelt mich an. Ihre Lippen sind kirschrot. Die schwarzen Locken zu kleinen Zöpfen gebunden.

Ein Feenkind.

Ich sinke in die Knie und starre sie an. Ein Feenkind – so wie ich eins war – unter all diesen Leuten.

»Hallo«, sagt die Kleine. »Willst du auch einen Apfel?«

»Ja«, flüstere ich und sie kullert ihn mir lächelnd hinüber. Ich greife nach ihm und kann doch nicht aufhören, sie anzustarren.

»Du siehst ja aus wie ich«, sagt sie und kichert.

»Ja.« Es fällt mir schwer zu schlucken. So klein, so zart.

»Bist du eine Prinzessin?«, fragt sie plötzlich sehr ernst.

»Ich? Nein. Nein, das bin ich nicht«, sage ich und sehe an meinem viel zu großen, verschmutzten Hemd hinunter.

»Eine Prinzessin muss nicht schöne Kleider tragen. So wie Aschenputtel, sie ist eine Prinzessin und dabei trägt sie gar keine schönen Kleider. Aber sie hat ein gutes Herz, weißt du«, erklärt sie altklug.

»Aschenputtel.« Mag die Welt sich auch noch so oft drehen, die Geschichten bleiben. Sie leben weiter, solange die Menschen

leben. Ein bisschen anders vielleicht, ein wenig verharmlost. Aber es sind dieselben Geschichten.

»Du magst Aschenputtel nicht? Macht nichts«, sagt sie und spielt mit dem Apfel. »Ich mag am liebsten Schneewittchen.« Sie kichert. »Du siehst aus wie Schneewittchen, weißt du?«

Aber ich bin nicht Schneewittchen. Ich bin die böse Königin.

»Susi? Susi!«, ruft eine Frau und stürzt an mir vorbei. Sie reißt das kleine Mädchen in ihre Arme und funkelt mich an. »Lass meine Tochter in Frieden!«

»Ich wollte nicht …«, stammele ich. Den roten Apfel in den Händen, erhebe ich mich.

Wie auf ein stilles Signal bewegen sich die anderen Händler zwischen mich und die Frau mit ihrem Kind. Eine Mauer. Sie errichten eine Mauer!

»Was willst du von ihr?«, ruft ein Mann und verschränkt die kräftigen Arme vor der Brust. Sein Blick ist aggressiv.

»Sie gehört zu dem Hexenjäger«, kreischt eine Marktschreierin.

»Lass die Kleine in Ruhe!«, knurrt ein Fleischer. In seiner Hand liegt drohend das blutige Fleischerbeil.

Sie beschützen das Kind, erkenne ich mit Entsetzen. Sie schützen das Feenkind!

Ich weiche zurück. Das Kind sieht mich durch die Menschen hindurch an. Sein Herz schlägt kräftig, es ist gut genährt. Die Mutter streichelt ihm zärtlich über den Kopf, flüstert liebende Worte.

Die Hand des Hexenjägers schließt sich um meinen Arm und er zieht mich fort, fort von den Menschen, die ein Feenkind beschützen.

»Sie ist ein Feenkind«, flüstere ich.

»Nein, ist sie nicht«, knurrt der Hexenjäger.

Stolpernd folge ich ihm durch die Gassen. Hinunter vom Marktplatz, raus aus den gefüllten Straßen. Pferdehufe, Menschenlachen, die Stimme des kleinen Mädchens, das wieder unter dem Obststand ein fröhliches Liedchen summt.

»Warum beschützen sie das Mädchen?«

Er drängt mich in den Schatten einer verlassenen Unterführung. Eine raue Wand in meinem Rücken.

»Sie ist nicht wie du.«

»Sie ist ein Feenkind«, beharre ich.

Langsam schüttelt er den Kopf. Seine Arme links und rechts von mir abgestützt. »Es gibt keine Feenkinder mehr.«

Ich runzele die Stirn. »Aber …«

»Sie sieht aus wie du«, beendet er meinen Satz.

»Ja«, hauche ich.

»Sie ist dennoch nichts weiter als ein Menschenkind.« Wie so oft greift er mit einer Hand nach meinem Zopf, fährt mit den Fingern über die dicken, weichen Flechten. »Du hast Glück gehabt. Wenn die Händler nur ein kleines bisschen aufmerksamer wären, hätten sie dein Zeichen gesehen, als du den Apfel aufgehoben hast. Ich habe es gesehen.«

Ich schlucke schwer. Ohne meine Magie bin ich ihnen schutzlos ausgeliefert. Ich spüre ihre Angst. Sie füllt die Gassen wie faulender Nebel. Sie fürchten die Feen und ihre unberechenbare Macht. Dutzende Flüchtlinge von nah und fern. Alle haben sie eines gemeinsam: den Hass gegen die Feen.

»Sie ist ein Mensch?«, frage ich.

Er nickt. »Eine der Dreizehn löste die Feenkinder von ihrem Schicksal. Keines wird mehr geopfert werden.«

»Geopfert?«, stoße ich aus. »Es sind Kinder! Ob mit oder ohne Magie.«

»Und sieh, was aus ihnen geworden ist!«

»Du weißt nichts«, zische ich und stoße mit meinen Hand-flächen gegen seine Brust, doch er rührt sich nicht, scheint es nicht einmal zu spüren. »Du verurteilst uns? Wir sind nur die Saat der Menschen, das Resultat ihres Verhaltens. Sie sind keine unschuldigen Opfer!«

»Wie viele mussten sterben für das, was deiner Mutter ange-tan wurde?«, fragt er plötzlich und ich meine die Asche zu schme-cken, in meiner Nase der Geruch von verbranntem Fleisch.

Ich schüttele den Kopf.

»Meinst du, dadurch ist die Welt besser geworden? Ausglei-chende Gerechtigkeit? Nein!«

Er hebt mein Kinn und zwingt mich ihn anzusehen. »Es gibt nur Verlierer, keine Gewinner«, wiederholt er meine Gedanken vom Morgen und ich spüre, wie mir die Tränen kommen.

»Ich war noch ein Kind«, zische ich.

»Du bist es jetzt nicht mehr«, sagt er. Doch es ist kein Vor-wurf in seinem Blick, nur ein dunkles Glühen. Und ich weiß, dass ich vielleicht nicht die Liebe gefunden habe, aber etwas, das ihr sehr nahe kommt.

»Da sind sie!« Schritte hallen auf der Brücke, eilen die Stufen hinab.

Soldaten rennen die Straße hinauf. Der Hexenjäger dreht den Kopf, verharrt jedoch an seinem Platz. Sie ziehen Speere. Bögen werden auf uns gerichtet.

»Das ist die Frau, von der die Schneiderin gesprochen hat!«, ruft ein Soldat.

»Wir sind hier, um die Hexe zu verhaften«, ruft ein zweiter mit bebender Stimme. Seine Hand, die den Speer hält, zittert. Sie fürchten mich. Deshalb sind sie so zahlreich erschienen. Mindestens dreißig stehen im Halbkreis um uns herum, weitere höre ich nahen. *Hexe*, nannten sie mich.

»Sie gehört mir«, sagt der Hexenjäger ruhig und wendet sich ab. Seine Augen sind dunkel, das Grün verblasst.

»Wir ... wir müssen sie mitnehmen!«, ruft der Soldat erneut.

»Nein.«

Ich spüre, wie die Unruhe wächst. Sie fürchten nicht nur mich, sondern denjenigen, der ihnen auftrug, mich zu suchen. Auf einmal weiß ich, warum sie hier sind. Eine meiner Schwestern ist in der Stadt; ich ahne welche.

»Sie ist hier.«

Der Hexenjäger kneift die Augen zusammen.

»Ihr müsst sie uns übergeben!«, ruft der Soldat schrill.

Ich spüre ihre Magie. Die Hand auf der Brust des Hexenjägers – Finger für Finger öffne ich sie und wie ein schwaches Leuchten antwortet sie meinem Ruf. Der Hexenjäger blickt von dem Glitzern in meiner Hand zu mir und begreift.

»Sie sollte nicht hier sein«, sagt er leise, dann blickt er mir in die Augen und nickt. »Also gut. Führt uns zu ihr.«

»Wie bitte?«, stottert der Soldat überrascht.

»Bringt uns zu der Hexe im Schloss. Sie ist es, die ihre Schwester sehen möchte, nicht wahr?«

Der Soldat erbleicht, hilflos blickt er in die Runde. »Wir sollen nur die Hexe verhaften ...« Doch die Hand des Hexenjägers um meinen Zopf spricht eine deutliche Sprache. Er wird mich begleiten.

Niemand wird ihn abhalten können.

Diesmal fliehen die Massen vor den Soldaten und ihren gefährlichen Gefangenen. Ihre Furcht könnte größer nicht sein. Wie Gift verseucht sie die Gassen, durchströmt den ganzen Ort. Furcht ist eine so leichte Nahrung.

Der Hexenjäger weicht nicht von meiner Seite, die Finger fest um meinen Zopf geschlungen. Verbunden. Seine Nähe gibt mir seltsamerweise Kraft. Mit jedem Schritt wächst die Magie um uns herum, so viel mächtiger als der schwache Zauber Gretchens. Meine Hände kribbeln, mein Herz zittert in Erwartung des Wiedersehens.

Die Königin in mir schreit nach Rache.

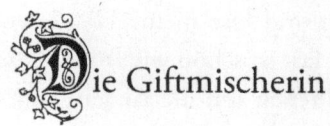ie Giftmischerin

Den rotwangigen Apfel noch in den Händen, betrete ich den königlichen Saal. Verführerisch glänzt der Apfel; schon seine Schale verlockt zum Biss. Diener und Soldaten, Edelmänner und Hofdamen drängen sich ängstlich an den Wänden. Ein purpurner Teppich führt uns zum leeren Thron. Kein König, keine Königin erwartet uns.

Stolzerhobenen Hauptes steht meine Schwester auf den Stufen des Podests. Sie lächelt mir entgegen, und wüsste ich nicht um ihre Tücke, würde ich mich fast freuen, sie zu sehen. Doch sie ist eine Schlange.

»Die Giftmischerin«, murmelt der Hexenjäger neben mir. »Seit Jahrhunderten ist sie die unangefochtene Herrscherin dieser Stadt. Niemand wagt es, gegen sie vorzugehen. Niemand hat es jemals überlebt. Wenn ein roter Apfel vor der Türschwelle lag, war das Todesurteil besiegelt. Es galt ihn zu essen und in Ehre zu sterben oder die Familie dem Zorn der Hexe auszuliefern.«

Ich rolle den Apfel in meinen Händen. Ihr liebstes Spielzeug. Ihr Markenzeichen. Er enthüllt ihre wahre Gestalt. Saftig verspricht sein Inneres zu sein und doch zerstörte er – gespickt mit ihrem Gift – unendlich viele Leben.

»Hallo, Schwester«, begrüßt sie mich mit ihrer samtigen Stimme. Ein Schaudern geht durch die Reihen der Anwesenden. Sie sind nicht freiwillig hier. Niemand ist das.

Als die Geleitsoldaten hastig von uns weichen, fliegt sie mir mit rauschenden Röcken entgegen und greift nach meinen Händen. »Ich freue mich, dass du wohlauf bist. Hast du mir ein Geschenk mitgebracht?«

»Nein«, sage ich und löse meine Hände aus ihrem weichen Griff. Sie ist schön, fast so schön wie früher. Die Zeit war gnädig zu ihr. Ein paar Fältchen um die Augen, eine einzelne silberne Strähne im glänzenden Haar. Prächtig gekleidet, Diamanten um den Hals. Ich kann nicht anders, als sie mit Gretchen zu vergleichen. Sie hat sie im Stich gelassen.

Fast zu langsam hebe ich den köstlichen Apfel und beiße hinein. Die Schale knackt, der Saft spritzt.

Meine Schwester hebt eine Braue. Sie begreift, warum ich hier bin.

»Es ist also wahr«, seufzt sie leise lächelnd. »Als ich vom Ende der Kinderfresserin hörte, konnte ich es kaum glauben. Aber du hast sie wahrlich getötet.«

»Ihr Name war Gretchen.«

Meine Schwester wirkt erstaunt, so als habe ich ihr ein gut gehütetes Geheimnis verraten. »Ach ja?« Ihr Blick findet den Hexenjäger, zuckt zurück zu mir. »Du reist mit ihm?«

»Wir reisen nicht. Wir jagen.«

»Was hast du vor, Schwester? Willst du uns alle töten?« Sie weicht unmerklich zurück. Sehe ich Furcht in ihren Augen? Weiß sie von meiner verlorenen Magie? In meinen Fingern knistert alleine ihre Macht. »Oder hat er dich erlöst? Ist er derjenige, welcher?«, flüstert sie und starrt den Hexenjäger an. Ihre Augen beginnen zu funkeln. Vielleicht ist sie doch wie ich – auf der Suche nach Liebe und Zuneigung.

»Nein.«

»Nein?«, wispert sie überrascht und sieht mich an. »Wer war es dann?«

»Ein Niemand.«

Das Funkeln verschwindet. »Es ist also wahr. Wir können nicht lieben.«

Ich verschließe mich der Endgültigkeit ihrer Worte. »Warum habt ihr mich betrogen?«

Ihr Blick wird sanft. »Es bot sich die Gelegenheit«, antwortet sie schlicht. »Was interessierte uns die Liebe, wo wir Macht haben konnten? Du hast es nicht geahnt, nicht wahr? Du warst blind in dem Wunsch, das einzige Geheimnis der Menschen zu erfahren, das wir Feen nie lüften konnten. Du warst so besessen von dem Gedanken an Liebe, dass du nicht einmal merktest, wie schwach er dich machte. Wie verletzlich.«

»Wir waren Schwestern.«

»Nein, du warst die Königin und wir nichts«, korrigiert sie mich und ich weiß, dass es stimmt. »Du hattest alles und hast es geopfert, um etwas zu erzwingen, das uns nicht bestimmt ist. Jetzt bist du zurück und hast nichts gewonnen – sondern alles verloren. Die Wahrheit schmerzt, nicht wahr?« Sie schreitet zurück zu den Stufen. Ihr Schritt hallt leicht in dem stillen Saal. Die Menschen, sie wagen kaum zu atmen. So viel Furcht.

»Ja, es stimmt, wir haben dich betrogen«, fährt sie mit einem ruhigen Lächeln fort. »Die Macht hat uns verlockt. Wir wollten ein Stück des Kuchens, wir wollten ein Stück sein wie du. Ist Nachahmung nicht die größte Art der Anerkennung?«, fragt sie sanft. »Lass uns vergessen, was war. Lass uns Frieden schließen, Schwester.«

Ihre Worte rühren etwas in mir. Einen Wunsch nach Ruhe und Geborgenheit. Doch der Apfel in meinen Händen erinnert mich daran, wer vor mir steht. Wer sie ist und weshalb ich hier bin.

Rache. Und doch fühlt sich der Wunsch nach Vergeltung schal an. Wie ein zu früh gepflückter Apfel. Ich zögere und beschließe, sie auf die Probe zu stellen.

»Wie heiße ich?«

Ihre Lider zucken kurz. »Du bist die Königin«, sagt sie, und doch höre ich alleine am Klang ihrer Stimme, dass sie erkennt, etwas Wichtiges verloren zu haben.

»Meinen Namen«, sage ich und fühle eine große Traurigkeit. »Meinen richtigen Namen.«

»Wir haben keine Namen«, flüstert sie.

»Wir sind mehr als unsere Magie«, gebe ich zurück.

»Ich bin die Giftmischerin.« Ihre Stimme bebt, sie reckt das Kinn empor. In ihren Augen wächst der Trotz. Sie weiß, dass sie den Test nicht bestanden hat. »Was interessieren mich Namen? Du bist gekommen, um mich zu töten. Jetzt wirst du sehen, was es heißt, die Giftmischerin herauszufordern. Niemand kontrolliert das Gift so perfekt wie ich. Niemand entkommt meinem tödlichen Biss – nicht einmal du, Schwester.« Sie hebt die Hände. Dicke, grüne Schwaden brechen aus ihren Fingern hervor, schlängeln sich zischend um ihre Füße.

»Vorsicht.« Mit einem Schritt ist der Hexenjäger vor mir. Er richtet die Armbrust auf meine Schwester.

Die Menschen im Saal schreien. Sie strömen dem Ausgang entgegen. Die Türen knallen mit einem lauten Krachen ins Schloss.

Und ich begreife, warum sie hier sind. Die Giftmischerin nährt sich von ihrer Furcht. Sie stärkt ihre Macht, weil sie selbst sich fürchtet: *vor mir.*

»Ihr wollt doch nicht das Schauspiel verpassen«, ruft meine Schwester spöttisch. »Seht sie euch an, ihr armen Menschen. Seht euch die verlorene Schwester an! So lange hielten wir sie im Turm gefangen. So lange.«

Sie lässt die Schlangen aus giftigem Rauch durch den Saal gleiten. Die Menschen wimmern. Die Giftmischerin weidet sich an ihrem Leid.

»Du würdest noch heute selig schlafen, wenn nicht der Hexenjäger zwei unserer Schwestern getötet hätte und mit ihnen unsere magischen Barrieren verschwanden.«

Ich fahre zu ihm herum. Er sieht mich nicht an, er fokussiert die Giftmischerin. Er wartet, dass ihre Aufmerksamkeit nachlässt, sich eine Lücke in ihrer Verteidigung öffnet. Er will das Zeichen. Er will es von ihrem Arm schneiden.

Wem hat er es vorher schon genommen? Wen gibt es nicht mehr?

»Wie reizend! Sag, Schwester, sind das Tränen in deinen Augen?« Die Giftmischerin lächelt überrascht. »Wie überaus menschlich du bist.«

»Das waren wir alle mal.«

»Wir sind anders, Schwester. Du und ich, wir wissen, was es heißt, wahre Macht zu besitzen. Hörst du das Lied der Tränen? Ist es nicht wunderschön? Sie singen von meinem Ruhm – von meiner Macht.«

»Sie singen von Tod und Verderben«, unterbreche ich sie.

Sie sieht mich sinnend an. »Du hast dich verändert. Früher hättest du an einem Krieg wie diesem großen Gefallen gefunden. Du hättest ihn alleine zu deinem Vergnügen geschaffen. Die Welt war dein Spielfeld, die Menschen deiner Willkür und Rachsucht ausgesetzt. So wie wir. Wir waren nichts weiter als deine Marionetten, geschaffen, um die Menschen für ihre Verbrechen zu strafen. Bist du nicht stolz auf mich? Ich führe dein Werk fort. Ich lebe deinen Traum. Sag mir, Schwester: Was hat sich verändert?«

Ich, möchte ich sagen und sage doch nichts. Früher, ja früher war ich anders. Ich war, was sie sagt. Ich war die Königin. Die Tyrannin der Menschen. Mein Blick zuckt zu dem Hexenjäger und ich frage mich, ob er mich deshalb niemals wird lieben kön-

nen – weil ich so viel schlimmer war als die heutigen Hexen. Weil ich es tief im Innern noch bin.

Ich blicke zurück zu ihr und erkenne meinen Fehler. Ich offenbare ihr meine Schwächen auf einem Silbertablett: meinen wunden Punkt. Augenblicklich zischt eine Schlange heran, genau auf den Hexenjäger zu.

»Nein!«, kreische ich und die Magie meiner Schwester fließt durch meine Adern – mächtig und lustvoll, unbändig und so willig, meinem Ruf zu folgen. Ich zerstöre die Schlange, kurz bevor sie ihn erreicht. Nichts als grünlich schimmernder Rauch bleibt zurück.

»Du wagst es, meine Magie zu stehlen?«, zischt die Giftmischerin und es eilen herbei die Schlangen, die zuvor im Saal patrouillierten.

Und ich erkenne, dass sich meine Schwester geirrt hat. Obwohl es ihre Magie ist, gehorcht sie doch mir und ich spüre, dass ich sie vernichten könnte, wenn ich es nur wollte.

Doch … wenn sie sich geirrt hat – vielleicht habe ich es dann auch? Vielleicht ist sie nicht falsch, wie früher. Und ich beschließe, ihr eine zweite Chance zu geben. So wie mir eine zuteilwurde.

»Warte«, rufe ich und hebe die Hand. Meine Stimme ist fest, meine Hand ruhig. Die Magie gibt mir meine Sicherheit zurück, meine Stärke. *Ich bin die Königin!*

»Du sprachst von Frieden. Wenn wir gegeneinander kämpfen, kann keiner von uns gewinnen.«

Ihre Schlangen halten inne. Verwundert sieht sie mich an. Ich schätze ihren Mut, sie tritt mir entgegen, freiwillig und alleine. Sie war die Tapferste unter uns Schwestern. Sie fürchtete selbst den Zorn der Feenmutter nicht. Nicht den der Königin. Sie sprach für die Schwestern. Sie sehnte sich nach den Menschen. Heute lebt sie mitten unter ihnen, nicht wie die anderen

Hexen, verborgen vor den Menschen und ihren vorwurfsvollen Blicken. Nein, sie ist wie ich und deshalb weiß ich, dass ihr am wenigsten zu trauen ist.

»Schwester«, sage ich mit einer kalten Ruhe und ignoriere den forschenden Blick des Hexenjägers. Er weiß nicht, was ich tue. Er wird es nicht verstehen.

Aber ich muss. »Drei von uns sind tot und weitere werden folgen, wenn wir nicht in der Lage sind, uns zu verzeihen und uns zu einigen. Du stehst alleine hier – keine unserer Schwestern steht dir bei. Das war nicht immer so.«

»Ich brauche sie nicht«, sagt die Giftmischerin ebenso ruhig wie ich. Sie lächelt, und es ist dieses Lächeln, das mich am meisten zweifeln lässt. Sie braucht niemanden, so wie ich sie nie brauchte.

»Gretchen hätte dich gebraucht«, erwidere ich und sehe sie vor mir: zerbrochen und alleine. Beinahe vergesse ich meine guten Vorsätze – beinahe. So leicht könnte ich es hier und jetzt beenden.

»Gretchen«, testet sie den Klang des Namens auf ihrer Zunge. »Es ist so lange her. Das letzte Mal sah ich sie vor etwa hundertdreißig Jahren, bevor sie in die Berge zog.«

»Sie ermordete unzählige Kinder. Sie vernichtete eine ganze Stadt. Ein Volk.«

Belustigt hebt sie die Brauen. »Seit wann interessieren dich Kinder? Oder gar die Existenz irgendeiner unwichtigen Stadt?«

Ich zügele den wachsenden Wunsch nach Rache, den Wunsch sie büßen zu lassen. Sie zu strafen wie ein ungezogenes Kind … Doch ich werde ihr diese letzte Chance geben. »Warum wolltest du mich sehen?«

»Um dich zu begrüßen natürlich«, antwortet sie.

»Um mich zu töten?«

Ihr Blick fliegt zum Apfel in meiner Hand. »Nein.« Sie zögert und damit hat sie sich verraten.

»Ich werde jetzt gehen«, sage ich und besiegele ihr Todesurteil.

Ich könnte sie anschreien, sie rütteln, sie abhalten von dem, was als Nächstes passieren wird. Was passieren muss – denn es entspricht ihrer Natur. Ich tue nichts. Die Königin in mir hindert mich. Sie verlangt nach Blut. »Richte den anderen aus, dass ich bereit bin, Frieden zu schließen.«

»Zu welchen Bedingungen?«, fragt sie, das Lächeln so fest auf den Lippen, dass es mir wehtut, sie anzusehen.

»Es gibt keine. Ihr seid meine Schwestern.« Damit drehe ich mich um und mit jedem Schritt, der zwischen mir und der Giftmischerin wächst, schlägt mein Herz langsamer. Ich schließe die Augen. Mein Atem stoppt und fast ist es, als würde die Zeit innehalten, um das Folgende so lange wie möglich hinauszuzögern. Doch die Zeit verrinnt. Weit unten, in den Gassen der Wasserstadt, in dem kleinen Laden des Uhrmachers stehen die Zeiger einer Uhr kurz vor zwölf. Ein Leben wird beginnen, eines wird enden.

Die Magie strömt mir entgegen, zurück zu meiner Schwester, wo sie sich sammelt. Sie holt aus zum finalen Schlag. Ich lasse es zu und endlich verstehe ich, was der Uhrmacher meinte: Manchmal reicht es nicht zu wissen – manchmal muss man dabei sein, um es zu begreifen. Es erleben. Und manchmal ist es eiskaltes Kalkül.

Die Explosion ihrer gesammelten Macht reißt die Hälfte der Decke ein, stürzende Steinbrocken ersticken das Kreischen der Hofdamen, zermalmen ihre weichen Körper. Der Boden bebt. Sonnenlicht flutet den Saal. Ich höre den Hexenjäger brüllen, sehe die verzweifelten Versuche der Soldaten, das schwere Tor zu

öffnen. Sie werden ihr nicht entkommen, solange ich sie nicht aufhalte.

Ich drehe mich um. Mein Blick lodert auf.

Meine Schwester thront hoch oben auf dem Podest, die Arme weit über den Kopf gestreckt. Geballte Magie fließt durch ihren Körper, so unbändig und stark, Blitze brechen hervor. Dutzende Schlangen umzüngeln sie. Das Gift kriecht über den Boden, es breitet sich aus. Die Bolzen der Armbrust verätzen noch im Flug. Keiner erreicht sein Ziel. Der Hexenjäger kann sie nicht stoppen – nicht alleine.

»Ich kann dich nicht gehen lassen«, ruft die Giftmischerin und ihr schönes Gesicht zeigt keine Trauer und keine Reue. Im Gegenteil: Auch jetzt lächelt sie noch.

Als sie den Angriff befiehlt und die Schlangen fauchend losstürzen, um mich zu vernichten, übernehme ich die Kontrolle. Für einen Moment erstarrt alles. Das erste Mal weicht ihr Lächeln einem Erstaunen und dann Entsetzen. Ihr Mund formt ein stummes O, während die Schlangen zu ihr zurückschnellen, sie umschlingen und verätzen.

Drei Bolzen zischen durch die Luft. Ich spüre den Einschlag, als würden sie in mein eigenes Fleisch dringen. Ihr Herzschlag zittert, die Schlangen weichen, die Magie verblasst und während sich hinter uns die Tore öffnen, fliege ich zu der sterbenden Gestalt auf den steinernen Stufen.

Sie sieht mich an, das Gesicht übersät mit Blasen. Sie wird enden wie all ihre Opfer. Sie spürt ihren Schmerz.

Ich blicke in die eisblauen Augen, die meinen so ähnlich sind, und fühle keine Befriedigung. Ich fühle nur Kummer.

»Schwester«, wispert sie und ich sinke neben ihr nieder. Ihr Herz kämpft einen aussichtslosen Kampf. »Sag mir, hast du die Liebe gefunden?«

Ich halte ihre entstellte Hand und nicke stumm.

»Wie fühlt es sich an?«

»Verletzlich, es macht verletzlich«, antworte ich und streiche ihr eine verklebte Strähne aus dem Gesicht. »Und es schmerzt.«

Sie blinzelt. »Warum?«, scheint sie zu fragen.

»Weil sie nicht erwidert wird«, sage ich leise und erkenne, dass ich nicht den Hexenjäger meine, sondern meine Schwestern. Ich lege meine Hand an das Gesicht der tapfersten Schwester, die ich je hatte, und verstehe endlich, dass ich sie auf eine Weise geliebt habe. So wie Gretchen. »Es tut mir leid.«

Ich sehe die Erkenntnis in ihren Augen. Sie legt ihre Hand auf meine, und ich ziehe einen seltsamen Trost aus ihrer Berührung. »Wie ist mein Name?«, haucht sie mit letzter Kraft.

Ich ziehe den Apfel hervor und lege ihn in ihre sterbende Hand. »Eva«, flüstere ich. »Du bist Eva.«

Schicksal

»Vier von zwölf«, sagt der Uhrmacher und begutachtet das Stück verätzter Haut auf seinem Tisch. Die Uhren an den Wänden zählen die Stunden unermüdlich runter. Sie haben kein Mitleid, kein Erbarmen. *Ticktack, Ticktack.*

Draußen in der Gasse zieht ein Zug grölender Menschen vorbei. Ich höre sie singen, ich höre sie feiern. Sie bejubeln den Tod der Giftmischerin. So lange Zeit erfüllte sie die Stadt mit Angst und Schrecken. Jetzt ist sie tot.

»Ihr solltet die Stadt vorm Morgengrauen verlassen«, rät der Uhrmacher und verpackt die Haut in ein knisterndes, braunes Papier. Ihre Haut: ein Souvenir, eine Trophäe. »Noch sind sie dabei zu feiern, aber morgen, sobald der Tag den Rausch der Nacht vertreibt, werden sie euch suchen. Sie rebellieren, sie wollen Blut sehen. Hexenblut.«

Er zieht drei Pakete hervor. »Proviant, Ausrüstung – alles liegt bereit. Ich habe die Kleidungsstücke abgeholt, verzeiht der Schneiderin ihren Verrat, sie ist nur ein ängstlicher Mensch.«

Während der Hexenjäger die Einkäufe des Uhrmachers inspiziert, steige ich aus seinem geborgten Hemd. Es riecht nach Gift, Tod und Verderben. Mir ist schlecht. So schlecht.

Ticktack, Ticktack, höhnen die Uhren. Von ihrem endlosen Gesang getrieben, reiße ich das erste Paket auf. Die Schneider haben gute Arbeit geleistet. Aus dem Leder, der Trollhaut und dem schwarzen Stoff ist eine leichte, eng sitzende Rüstung geworden. Eine, wie sie der Hexenjäger trägt. Sie passt perfekt. Bereit zu jagen.

»Und der Mantel«, summt der Uhrmacher und wickelt das mit Wolfsfell gefütterte Cape aus. Selbst im schummrigen Licht des Ladens strahlt das Rot. »Gefällt er dir?«

»Ich hatte so einen schon einmal.«

Er nickt. Natürlich weiß er es, er weiß so viel.

»Hätte ich sie retten können?«

»Die Fehler geschahen vor langer, langer Zeit. Damals hätte sie gerettet werden können. Heute? Heute zahlen wir den Preis für die Fehler, die wir begingen.« Er greift nach meiner Hand. Seine Finger sind kalt, fast so kalt wie meine. »Du musst sie nicht töten, um ihnen vergeben zu können. Begangenes Leid wird niemals wieder gut durch neues Leid.«

»Werden wir alle sterben?«, frage ich.

Er lacht und zieht mich zu der tickenden Wand. »Siehst du die Uhren? Für jeden von euch hängt eine dort. Sie zählen eure Tage, eure verbleibende Zeit. Solange sie schlagen, seid ihr am Leben.«

Ticktack, Ticktack.

»Willst du deine Rache fortführen?«, fragt der Uhrmacher sanft.

Rache – ein großes Wort. Ich weiß nicht, ob es der Wunsch nach Rache ist oder das Bedürfnis zu verstehen. Aber ja, ein Teil von mir lechzt nach Vergeltung. Ich muss sie sehen. Weder Gretchen noch Eva zeigten Reue für das, was sie mir antaten. Die Eishexe, sie wollte mich noch am Tag meines Erwachens töten.

»Selbst wenn ich ihnen vergebe – sie werden mich niemals ruhen lassen.«

»Weil sie die Dreizehnte Fee fürchten«, sagt der Uhrmacher weise.

»Kennt Ihr das Ende?«, frage ich und weiß doch, dass er mir nicht antworten wird.

Er lacht leise, streicht über die Armpolster aus Trollhaut. »Es kommt, wie es kommen muss. Du selbst weißt um die Bedeutung des Schicksals. Unser aller Leben folgen einem Sinn, und mag der Weg auch noch so dunkel sein, er führt zum Ziel. Finde dein Ziel! Akzeptiere dein Schicksal! Und du wirst verstehen.«

Mein Schicksal.

»Vor langer Zeit fragte ich eine meiner Schwestern, ob ich jemals lieben könnte.«

»Was hat sie geantwortet?«, fragt der Uhrmacher.

In meinen Augen sammeln sich ungewollt Tränen. »Sie hat mir die Karten gelegt.«

»Ah, das Orakel«, sagt er sinnend und beginnt zu lächeln. »Sie hat uns erschaffen.«

Natürlich. Wer auch sonst. Orakel, so nennt sie sich heute.

»Was haben ihre Karten gezeigt?«

Meine Schwester.

Ich sehe sie vor mir. Wir sitzen im Wald der Geister auf einer kleinen, hellen Lichtung. Um uns herum schwirren Elfen, sie sammeln den Nektar der weißen Mondblumen. Eine landet auf unserer rot-weiß karierten Picknickdecke, stibitzt etwas Honig. Meine Schwester verscheucht sie lachend. Sie schiebt das Porzellan beiseite und mischt den dicken Kartenstapel. Die Sonne funkelt in ihrem rabenschwarzen Haar. Es duftet nach Mondblumen, nach Kiefernnadeln. Die Karten in ihren Händen tanzen so schnell, dass es selbst mir schwerfällt zu folgen.

Sie fragt mich, was ich wissen will. Ihre Augen leuchten geheimnisvoll. Sie weiß längst, was mir auf der Seele brennt, aber ich muss es selbst aussprechen. Ich muss es in Worte fassen.

Und ich frage sie nach der Liebe.

Lächelnd verteilt sie einen Teil der Karten, sodass sie einen großen Kreis bilden. In die Mitte legt sie drei. Sie blickt mich an, sucht

meine Bestätigung fortzufahren. Ich nicke nur, unfähig zu sprechen. Mein Mund ist trocken, meine Sehnsucht groß.

Karte für Karte deckt sie den Kreis auf. Eine Fee liegt neben der anderen. Zwölf Schwestern.

Sie sieht hoch und ich erkenne dieselbe Überraschung in ihren blauen Augen, wie ich sie fühle. Zwölf Karten, zwölf Feen.

Zögernd greift sie nach der Ersten in der Mitte: die schlafende Prinzessin.

Sie nimmt die Dritte und dreht sie herum: der Turm.

Die zweite und letzte Karte bleibt umgekehrt liegen. Ich darf sie nicht ansehen. Ich brauche sie nicht sehen. Die Botschaft ist klar.

Zwölf Schwestern, die schlafende Prinzessin, der Turm.

Ich hebe den Blick über die Baumwipfel. Mächtig erhebt sich der Turm des Geisterwaldes mitten unter ihnen. Und ich weiß, was zu tun ist.

»Ich habe ihr vertraut. Sie war die Einzige, die Einzige, der ich von meiner Sehnsucht erzählte«, antworte ich leise. »Sie hat mich betrogen.«

Der Uhrmacher nickt nachdenklich. »Es scheint so und doch ist nichts so, wie es scheint.«

Ich blicke zum Hexenjäger. Er ist zu still, seine Gedanken zu laut.

»Er wird sie töten«, sagt der Uhrmacher ungewöhnlich ernst, »selbst wenn du ihnen verzeihen kannst und sie dir, wird er sie weiter jagen.«

»Ich weiß.«

»Na dann.« Er gibt mir einen freundschaftlichen Klaps auf den Arm und wickelt mir das viel zu warme, rote Cape um die Schultern. Er wird schon wissen, warum er es machen ließ. Er ist der Uhrmacher.

Im Schutz der Nacht

Noch lange, nachdem der Uhrmacher die knarrenden Stufen hinauf in die zweite Etage verschwunden ist, liege ich wach in der kleinen Schlafkoje, hinten in seiner Werkstatt. Lediglich ein zerschlissener Vorhang trennt mich von dem Durcheinander der Sägen und Feilen, Holzspäne und Balken, den fast fertigen und den vollendeten Uhren. Das hundertfache Ticken – ich höre es selbst durch die dicken Wände des Hauses. Ich höre meine Zeit verrinnen und die meiner Schwestern.

Ich wälze mich hin und her. Ich frage mich, was der Sinn ist. Warum tausend Jahre? Ist es eine Art ausgleichende Gerechtigkeit, für all das Unheil, das ich in meinem ersten Leben anrichtete? Der Preis, den ich zu zahlen habe?

Oder ist es eine Chance zur Wiedergutmachung? Wenn ja, dann ist sie vergebens.

Ich setze mich auf. Heute Nacht werde ich keine Ruhe finden. Ich klettere aus der Koje und schlüpfe in meine Stiefel.

Die Tür geht auf. Der Hexenjäger sieht mich wortlos an. Natürlich schläft er nicht und ich frage mich, ob er je schläft. Ich gehe langsam zu ihm. Ich weiß nicht, wer er ist und warum er sich der Jagd verschrieben hat. Ich weiß nur, dass ich etwas für ihn empfinde. Etwas, das ich nicht kenne.

Ich habe ihn gerettet und ich würde es wieder tun.

Ich habe noch nie jemanden gerettet. Warum auch? Jedes Leben ist ersetzbar.

Aber er ist es nicht. Nicht für mich.

Wenn das hier keine Liebe sein kann, was ist es dann? Und wie fühlt sich wahre Liebe an?

Vor meinem inneren Auge sehe ich das helle Gesicht des Prinzen, die blonden Haare, die wässrigen Augen. Müsste ich nicht etwas empfinden? Irgendetwas außer Gleichgültigkeit?

»Woran denkst du?«, fragt der Hexenjäger leise.

Ich blicke zu ihm hoch. »An den Prinzen.«

Er zögert, dann nickt er, der Mund eine schmale Linie.

»Wie kann ich ihn nur lieben?«, flüstere ich.

»Gar nicht. Er ist tot.«

»Ja«, sage ich. »Dennoch … ich habe nichts für ihn empfunden. Aber mein Zauber ist einwandfrei. Er ist meine wahre Liebe. Sag mir Hexenjäger, wie funktioniert die Liebe? Ist sie vom ersten Moment da? Oder wächst sie langsam?«

Er sieht mich lange an, dann sagt er: »Liebe ist nichts als eine Lüge.«

»Eine Lüge?«

»Ich werde dir etwas über die Liebe erzählen«, knurrt er. »Vater, Mutter und Kind. Hunger herrscht, es ist eisiger Winter, die Felder sind erstarrt, die Vorräte aufgebraucht. Es gibt nur noch ein einziges Stück Brot. Wer bekommt es?« Er sieht mich so endgültig an. »Der Vater kann als Einziger das Feld bestellen, die Mutter alleine Nachwuchs gebären, das Kind jedoch kann nichts.«

»Und doch bekommt es das Brot«, erkenne ich.

»Im nächsten Frühjahr sind die Eltern tot, das Kind ist noch da. Ist das Liebe?«

»Sie wollten es retten«, sage ich und weiß, dass es stimmt. Sie wollten es retten. »Was geschah mit dem Kind?«

Doch er antwortet nicht. »Wenn sie nicht jeden Krümel dem gefräßigen, unnützen Kind gegeben hätten, wären sie noch am Leben. Die Felder wären bestellt worden, die Mutter hätte neue Kinder bekommen. Das Leben wäre weitergegangen.«

Menschen sind ersetzbar, denke ich erneut, und doch begreife ich, dass es nicht so ist. Nicht bei der Liebe. Nicht bei den Menschen.

»Das ist Liebe?«, frage ich. »Alles zu entbehren, um einen geliebten Menschen zu schützen? Selbst wenn es den eigenen Tod bedeutet?«

Er schnaubt. »Erkläre das dem Fünfjährigen, der zwischen den Leichen seiner Eltern sitzt.«

Mit Erschrecken erkenne ich die Wahrheit. »Das Kind, das warst du!«

Er schweigt. Sein Herz leidet, es leidet wie meines. Wir sind uns so ähnlich, unsere Geschichten begannen mit Tragödien, mit dem Verlust der Eltern. Doch wir wählten unterschiedliche Wege. Und wenn es auch beides Wege der Rache sind, so richtet sich meiner gegen die Menschen, gegen ihr ganzes Volk und ihren verdammten Aberglauben und seiner gegen das Böse in der Welt. Gegen mich.

»Wer war es?«, frage ich und meine endlich zu verstehen. »Welche meiner Schwestern hat dir das angetan?«

Doch bevor er etwas sagt, habe ich die Antwort selbst gefunden. Der Winter, die erstarrten Felder. »Die Eishexe.«

»Sie werden büßen für das, was sie uns seit Jahrtausenden antun«, murmelt er so ruhig, dass es sich fast wie eine Liebkosung anhört. Aber das ist es nicht. Es ist eine Drohung. Eine Prophezeiung.

»Wie hast du überlebt?«, frage ich, doch er schüttelt nur den Kopf. Es scheint, als habe er seine Worte aufgebraucht. Stumm greift er nach dem roten Cape und legt es mir ungewöhnlich sanft um die Schultern. Einen Moment länger als notwendig verharren seine Finger an meinem Hals, um die Knöpfe zu schließen. Dann dreht er sich um und im Schutz der Nacht folge ich

ihm hinaus auf die verlassenen Straßen. Vom Marktplatz klingt das Schlagen tausender euphorischer Herzen, das besinnungslose Grölen ihrer Stimmen. Sie feiern.

Noch feiern sie.

Schon Morgen werden sie mich jagen.

Sie werden mich nicht finden.

Auf verschlungenen Pfaden verlassen wir die Wasserstadt, lassen die siegestrunkenen Menschen das Ende der Hexe besingen, die Toten begraben. Nichts wird mehr wie vorher sein, denn mit dem Ende der Giftmischerin sind die Tränen der Seen verstummt. Frieden schwebt über den Wassern.

Endlich Frieden.

Doch meine Schwester ist tot.

Ich tunke meine Hände in das kühle Nass. Im fahlen Mondlicht sieht mir ein blasses Gesicht entgegen. Die zischenden Raketen und tanzenden Funken enthüllen die Angst in meinen Augen.

Wer bin ich?

Wer will ich sein?

Ich spüre den Nachhall der unbändigen Macht. Ich hebe meine Hände. Bin ich Mensch oder bin ich Fee? Habe ich eine Wahl?

Der Hexenjäger wartet auf mich, er lässt mir Zeit Abschied zu nehmen. Dann bin ich so weit.

»Wo geht die Reise hin?«

»Neun sind noch übrig.«

Neun. *Er rechnet mich mit.* Ich schlucke die Angst hinunter. »Wer wird die Nächste sein?«

»Willst du es wirklich wissen?«, fragt er ungewöhnlich sachte.

Und plötzlich habe ich das furchtbare Gefühl, dass ich es sein werde. »Nein«, flüstere ich erstickt. Ich will nicht wissen,

ob mein Name als Nächstes auf seiner Liste steht. Ich will nicht wissen, wie viel Zeit auf meiner Uhr verbleibt.

Ich folge ihm in die ungewisse Nacht. Ich folge ihm bis in den Tod.

Hexenwahn

Wie ein Lauffeuer breitet sich die Nachricht vom Tod der Giftmischerin aus. Über die Städte und Dörfer, ja selbst hinaus in die abgelegensten Höfe dringt die berauschende Stimme des Sieges. Angst, so übermächtig und bar jeder Logik, für Tausende von Jahren geschürt, sicherte sie die Herrschaft der Feen – ihre unbestreitbare Macht. Doch mit dem Fallen der vierten Fee erhebt sich das Volk gegen seine Unterdrücker. Getrieben von Furcht und Hass ist es bereit zurückzuschlagen und zu revoltieren. In ihrer Grausamkeit werden sie den Feen in nichts nachstehen. Denn Rache ist niemals produktiv. Nein, sie zerstört.

Bevor die ersten Strahlen den Himmel hellgelb färben, höre ich ihre Schreie. Ich halte inne, der Hexenjäger dreht sich nur kurz um.

»Wir müssen weiter«, sagt er.

Ich blicke über die nebeligen Wiesen und matt goldenen Kornfelder. Die Nacht sitzt noch zwischen den Halmen, klammert sich an die letzten Momente der Dunkelheit, bevor die warmen Sonnenstrahlen sie vertreiben wird. Hinter den erwachenden Feldern, in der grünen Senke eines kleinen Tals, liegt ein friedliches Dorf. Hof an Hof reihen sich winzige Gebäude. Die Vögel erwachen und beginnen ihr allmorgendliches Konzert. Eine Katze streckt sich auf einem der Strohdächer, leckt sich ihr weißes Pfötchen.

Einzig die schreiende Frau mit den kupferroten Haaren stört die Idylle. Sie wird auf einen Scheiterhaufen gezerrt. Sie wehrt sich, sie weint.

Ich kneife die Augen zusammen.

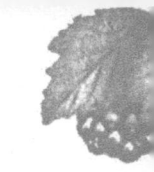

»Was passiert da?«, frage ich. Ein ungutes Gefühl wächst in meinem Bauch, ein Knoten. Seltsam vertraut. »Was haben sie vor?«

»Sie halten sie für eine Hexe«, sagt der Hexenjäger ruhig, zu ruhig und hält ebenfalls inne. Ihm scheint nicht zu gefallen, was er sieht, aber er tut nichts. Er steht stumm da und schaut zu.

»Aber sie ist keine Fee. Ich spüre keine Magie!«, flüstere ich und werde unaufhörlich in ihre Richtung gezogen, wie in einen Bann, einen Strudel und nichts kann mich retten vor dem, was kommen wird. »Sie hat die falsche Haarfarbe. Sie hat nicht die Zeichen. Was tun sie da?«

Die Frau wird festgebunden. Ihre Schreie gehen in herzzerreißende Schluchzer über.

»Lass uns weitergehen.« Er will mich aufhalten und greift nach meinem Arm. »Du willst das nicht sehen.«

»Sie wollen sie verbrennen«, erkenne ich entsetzt und mein Herz beginnt, panisch zu flattern.

Er dreht mich herum, fasst mich an den Schultern und zwingt mich ihn anzusehen. »Sie halten sie für eine Hexe.«

»Aber das ist sie nicht!«, unterbreche ich ihn.

Er schüttelt den Kopf. »Wir wissen das. Aber die Angst macht sie blind. Sie haben so lange unter den Dreizehn gelitten.«

»Sie ist keine meiner Schwestern!«, brülle ich ihn an. »Sie wollen sie für etwas töten, das sie nicht ist!«

Er blickt nachdenklich über meine Schulter, ich sehe, wie er die Situation abschätzt und zu einem Ergebnis kommt. »Es sind zu viele. Sie würden nicht auf uns hören. Ich wäre gezwungen zu töten.« Er schüttelt den Kopf. »Ich kann sie nicht retten.«

»Du willst nicht«, zische ich ihn an.

Einen Moment sagt er gar nichts. Dann sieht er mich an und in seinen Augen schimmert etwas, das sehr nach Sorge aussieht.

»Gut. Ich werde mit ihnen reden. Aber ich werde nicht kämpfen, verstanden?«

»Ja«, hauche ich und fühle mich unendlich erleichtert.

»Du bleibst hier. Wenn sie dich erkennen …« Er verstummt.

»Dann was?«, frage ich bebend. »Dann würdest du kämpfen?«

Ohne zu antworten, stiefelt er den Hang hinab. Die ersten Fackeln werden entzündet. Ich rieche den Rauch, die Erinnerung kriecht wie ein dunkler Schatten über meine Haut. Schmerz und Ohnmacht.

Ich habe ein ganzes Dorf getötet. Selbst die Kinder. Niemand entkam meinem flammenden Zorn. Und doch konnte ich meine Mama nicht retten. Es war nichts von ihr übrig. Nichts als Asche.

War es das wert? Nein. War es richtig? Nein. Würde ich es wieder tun? *Vielleicht.*

Ich spüre, wie meine Finger nach der Magie lechzen, mein Körper brennt, sie zu befehligen. Die Männer mit den Fackeln, ich würde …

Ich würde es wieder tun, erkenne ich voller Verzweiflung. Doch ich kann nicht, weil ich schwach bin. Weil ich wie sie bin – menschlich und ohne Macht.

Ich würde sie töten, sie alle. Selbst die Kinder. Und wie damals gäbe es keine Gewinner, niemanden der übrig bleiben würde. Außer mir. Aber ich bin kein Sieger. Damals nicht und heute auch nicht.

Asche, den Mund voller Asche spüre ich die heißen Tränen.

»Ich war doch nur ein Kind«, flüstere ich. »Ich wusste nicht, was ich tat. Ich wusste nicht, wozu ich fähig war. Wie gewaltig und zerstörerisch meine Kraft war. Ich wollte sie nicht töten.«

Doch niemand hört meine Worte, niemand gewährt mir Gnade.

Darf ich überhaupt Gnade erfahren, bei all dem Bösen in mir? Bei all meinen Taten?

Ich schlucke schwer. Ist es nun Fluch oder Segen, dass sich die Tragödie von vor so vielen Jahren nicht wiederholen kann?

Während ich hilflos und beschämt auf meine Hände starre, an denen das Blut so vieler Unschuldiger klebt, erklingt ein gefräßiges Knistern. Das Blut gefriert in meinen Adern.

»Nein!«, brülle ich und stürze den Hang hinunter. Das Feuer frisst schnell, es brennt lichterloh. Die Frau in der Mitte, sie weint, den Blick gen Himmel. Rauch, so viel Rauch!

»Nein!« Ich fliege in die Arme des Hexenjägers, er hält mich fest, er hält mich auf.

»Nicht«, murmelt er. »Du kannst nichts mehr für sie tun.«

»Sie ist keine Fee« Tränen strömen mir über die Wangen. »Sie ist es nicht.«

»Sieh nicht hin«, sagt er und will mich fortziehen.

Doch ich kann nicht wegschauen, auch wenn ich weiß, was folgen wird, wie schrecklich es sein wird. Ich sehe zu der rothaarigen Frau und sehe in ihr meine Mutter. Ihr Tod wiederholt sich vor meinen Augen, mein Verlust, ihr Schmerz.

»Es tut mir so leid«, schluchze ich. »Sie stirbt meinetwegen. Sie stirbt wegen dem, was ich bin.«

Der Hexenjäger schweigt. Er weiß, dass es stimmt. Meine Mutter starb, weil sie mich versteckte. Das Feenkind.

»Wäre ich nicht gewesen … hätte sie mich doch weggegeben … Ich bin schuld an ihrem Tod! Ich bin schuld!«

Und diese Frau, auch sie stirbt wegen uns Feenkindern. Wegen der Angst, die wir schürten. Wegen des Todes der Giftmischerin.

»Selbst im Tod bringen wir den Menschen noch Unglück«, flüstere ich heiser. »Wir sind böse, so unglaublich böse, sogar

über den Tod hinaus. Spürst du unsere Macht? Spürst du, wie sie alle gefangen sind in ihr? Niemals, niemals könnt ihr wirklich frei sein. Unsere Saat hat Wurzeln geschlagen und mögt ihr uns auch vernichten, so lebt sie doch in euch weiter.«

Plötzlich blickt die Frau mich an. Verzweifelte, braune Augen treffen auf verzweifelte eisblaue. Sie weiß, dass sie sterben muss.

Sie weiß es! Das Feuer greift nach ihren Beinen. Ihr Gesicht verzerrt sich. Dann trifft sie eine Entscheidung und wie meine Mutter denkt sie in dem Moment ihres Todes nur an ihre Tochter: »Rette sie, rette mein Kind!«

Mein Blick fährt herum. Ich suche die Menge ab. Suche ihr Kind. Ein winziges Mädchen mit kupferroten Locken steht abseits, den kleinen Kopf an eine graue Stoffpuppe gedrückt.

Ich höre sie schluchzen, ich höre ihr gepeinigtes Herz zerspringen. »Mama«, jammert sie. Niemand hält ihre Hand, niemand nimmt sie in den Arm.

So wie mich niemand hielt.

Bevor der Hexenjäger mich aufhalten kann, stürze ich zu dem kleinen Mädchen und schlinge die Arme um sie.

»Psst«, flüstere ich und streiche über ihr weiches, duftendes Haar. »Es ist gleich vorbei. Es ist gleich vorbei.«

Ihre winzigen Ärmchen klammern sich an mich, sie presst ihr tränenfeuchtes Gesicht an meinen Hals. »Mama«, flüstert sie und mein Herz weint mit ihrem. Ihr Schmerz ist mein Schmerz.

»Wie heißt du?«

»Elle«, wispert sie.

»Wo ist dein Vater?«

»Mama«, schluchzt sie.

»Hast du Geschwister?« Das Sprechen fällt mir schwer. Rauch, so viel Rauch. Ich kann kaum atmen. »Irgendjemanden zu dem ich dich bringen kann?«

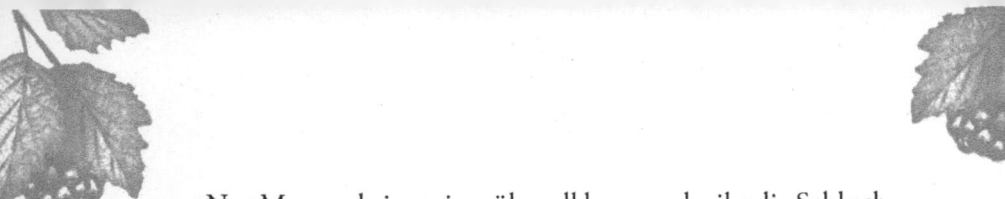

»Nur Mama«, bringt sie mühevoll heraus, ehe ihr die Schluchzer die Kehle zuschnüren.

Mit ihr auf dem Arm erhebe ich mich. Ihr kleiner Körper wiegt fast nichts und doch trägt sie eine Trauer, die zu schwer für diese Welt ist. Ich blinzele hinüber zum Scheiterhaufen. Ich meine, die Frau am Pfahl *Danke* flüstern zu hören, dann beginnt sie zu schreien.

Das Mädchen in meinen Armen windet sich in unendlicher Qual. Und ich mich mit ihr. Ich möchte schreien, ich möchte töten, ich möchte zerstören! Aber ich muss tapfer sein. Ich muss stark sein. Für die Kleine.

Ich presse sie fest an mich und beginne leise zu summen, während ich sie steif den Hang hinauftrage, fort von den Schreien, fort von den Mördern ihrer Mutter, die einst ihre Nachbarn waren.

Der Hexenjäger sieht mir ernst entgegen. »Du kannst sie nicht mitnehmen.«

»Sie hat niemandem mehr.«

»Das weißt du nicht.«

»Doch«, flüstere ich und presse den kleinen, zitternden Körper umso fester an mich. »Sie hat mich gebeten, für sie zu sorgen. Hast du es denn nicht gehört?«

»Wo wir hingehen, ist kein Platz für ein Kind.«

»Hier auch nicht.« Ich sehe ihn flehend an. »Sie ist nur ein unschuldiges Kind. Ich kann sie nicht hier zurücklassen. Nicht bei diesen Leuten!«

»Sie werden ihr nichts tun.«

»Was macht dich da so sicher? Du selbst hast gesagt, dass die Angst sie blind macht!«, sage ich und schüttele den Kopf. »Ich kann nicht.«

Er flucht: »Verdammt.«

»Ich lasse sie nicht zurück!«, sage ich fest. »Niemals!«

»Verdammt«, wiederholt er und dreht sich um. »Bis zum nächsten Hof! Sobald wir einen guten Platz für sie finden, geben wir sie ab.«

Ich antworte ihm nicht. Ich schlinge den roten Mantel um den kleinen Körper mit der geschundenen Seele und folge dem Hexenjäger.

»Ich passe auf dich auf«, flüstere ich. »Ich lasse nicht zu, dass dir etwas geschieht.«

Wir verlassen das Tal des Grauens. Ich werfe keinen Blick zurück. Der Weg führt uns fort von dem beißenden Rauch, fort von den nicht enden wollenden Schreien der sterbenden Frau. *Hör nicht hin, kleine Seele, hör nicht hin.* Ich singe ein altes Wiegenlied – eines das meine Mutter für mich zu singen pflegte:

> *»Guten Abend, gut' Nacht,*
> *mit Rosen bedacht,*
> *mit Näglein besteckt,*
> *schlupf unter die Deck:*
> *Morgen früh, wenn Gott will,*
> *wirst du wieder geweckt.«*

Doch kein Zauber der Welt vermag die Qualen zu lindern. Das Kind wird für immer einen Teil seines Herzens vermissen, den Teil, der ihm mit roher Gewalt aus dem Leib gerissen wurde. Es wird eine Wunde bleiben, die niemals zu bluten aufhört, und mag die Sonne noch so oft den Horizont berühren.

Wir erreichen die Hügelkuppe und mein Herz zerbricht.

»So viele?«, schluchze ich.

Dutzende Rauchsäulen steigen über den Hügeln gen Himmel. Ich höre das Knistern, ich höre die Schreie der Sterbenden

und ich weiß, dass ich nicht eine von ihnen retten kann. Ich kann nichts tun.

Die Kleine windet sich unruhig. Aus verquollenen Augen sieht sie mich an. Ich muss stark sein! Ich muss tapfer sein! Doch ich kann die Tränen nicht aufhalten.

»Du hältst uns Feen für Monster. Sieh dir dein eigenes Volk an! Sieh, was sie tun! Sie töten unschuldige Frauen ihres eigenen Geschlechts.« Mir ist schlecht, so schlecht.

»Die Furcht – «, beginnt der Hexenjäger, doch ich unterbreche ihn.

»Keine einzige Rasse tut Ihresgleichen so etwas an«, brülle ich. »Kein Tier, keine Elfe, keine Nixe! Alleine der Mensch ist zu solch einer Grausamkeit fähig!«

Er blickt zum Horizont, zu den schwarzen Säulen. Jede von ihnen steht für ein Leben, das endet, für ein Opfer der Furcht. Dann, so leise, dass es die Kleine unmöglich hören kann: »Jagst nicht auch du deine Schwestern?«

Das ist anders, will ich rufen. Doch ich weiß, dass es nicht stimmt. Ich jage, ich töte meinesgleichen. Der einzige Unterschied besteht darin, dass es nicht besinnungslose Furcht ist, die mich antreibt, sondern Rache. Wohl überlegte und eiskalt kalkulierte Rache.

Ich wische mir die Tränen von den Wangen.

»Das Unrecht, das die Menschen uns antaten, fällt nun auf sie zurück«, sage ich. »Nichts bleibt unbescholten, nichts bleibt ungesühnt. Wir sind die Saat der Menschen, sie die unsere. Der ewige Kreislauf. Das, Hexenjäger, das ist *Schicksal*. Wir alle sind nur Figuren auf einem Plan, der so groß ist, dass selbst ich ihn nicht zu verstehen vermag.«

Er lacht laut auf. Die Kleine in meinem Arm blickt ihn erschreckt an. »Schicksal.« Er lässt sich das Wort auf der Zunge

zergehen und ohne es weiter zu kommentieren, setzt er seinen Weg fort. Ich folge ihm mit etwas Abstand.

Begreift er denn nicht, dass wir alle nur eine Rolle spielen? Eine uns zugedachte Bestimmung zwischen Tausenden von Bestimmungen? Das Schicksal, es lenkt uns.

Niemand ist wirklich frei, nicht wir Feenkinder, nicht die Menschen.

Der Hexenjäger, er ist ein Mensch, auch wenn er kaum ist wie sie.

»Menschsein. Was bedeutet Menschsein?«, rufe ich ihm hinterher.

»Wie willst du das je verstehen?«, höre ich ihn antworten. »Alles, was du kennst, ist der Hass auf deine Schwestern und dein Wunsch nach Rache.«

»Die Menschen hassen auch«, halte ich dagegen.

»Natürlich. Aber sie fürchten sich auch. Hast du je Angst empfunden?« Er bleibt stehen und sieht mich an. »Als wir den Tunnel der Kinderfresserin erreichten – hast du dich da gefürchtet?«

Ich presse das Mädchen fester an mich. »Ja.«

»Warum hast du das Mädchen mitgenommen?«, fragt er und es klingt weniger feindlich als vielmehr neugierig.

Weil ich nicht ertragen hätte, wenn sie dasselbe erlebt wie ich. Wenn sie wird wie ich. Doch das kann ich nicht sagen. Und so sage ich nichts.

»Um deinetwillen oder um ihretwillen?« Er setzt seinen Weg fort. Ich blicke ihm verwirrt nach.

Lieben und geliebt werden … Und allmählich begreife ich den Unterschied.

»Nein«, rufe ich. »Nicht meinetwegen. Ich gewinne nichts. Nur sie, sie verliert alles.«

»Empfindest du Mitleid, Hexe?«, fragend sieht er über seine Schulter. »Du bist wahrlich … seltsam.«

»Nein, menschlich, ich bin menschlich«, flüstere ich.

Er lacht, aber es klingt freudlos und hart.

Lieben und geliebt werden, das war es, was ich lernen wollte. Aber ich erfahre mehr, soviel mehr als ich ahnen konnte. Furcht und Ohnmacht, Hass und blinder Zorn: Gefühle, die mir vertraut sind, die die Menschen jedoch nicht kontrollieren können, weil sie zu gewaltig sind.

Doch da keimt mehr in meinem Herzen. Etwas, das ich neben der Liebe nicht kenne, etwas, das ganz und gar neu für mich ist: Mitleid und Erbarmen, die Fähigkeit zur Gnade, die Fähigkeit zu Verzeihen.

Und ich begreife, dass es das eine nicht ohne das andere geben kann. Die zwei Seiten einer Medaille. Hass und Liebe. Rache und Gnade. Lieben und geliebt werden.

Sacht streichele ich den kleinen Lockenkopf, der sich eng an meine Schulter presst. Mein Herz sagt, ich muss sie beschützen. Mein Verstand rät mir, mich nicht an sie zu binden – und doch habe ich es bereits getan.

Ich habe keine Kontrolle über meine Gefühle. So wie die Menschen. Sie sind die Marionetten ihrer Furcht.

»Warte«, rufe ich dem Hexenjäger nach und eile ihm hinterher. Keuchend hole ich auf. »Es gibt einen Unterschied. Es gibt einen. Meine Rache trifft die Richtigen. Die Menschen aber handeln im Wahn. Ob schuldig oder unschuldig – sie können es nicht kontrollieren. Nicht den Hass und nicht die Liebe.«

Er sieht mich seltsam an.

»Das ist es, was Menschsein ausmacht, nicht wahr?«, fahre ich fort, ohne auf eine Antwort zu warten. »Das passiert den Menschen. Sie wissen, dass ihr Handeln falsch ist, können es aber

nicht kontrollieren. Es ist ein ewiger Kampf. Das unterscheidet euch Menschen von uns Feen. Wir empfinden nur wenige Gefühle, kontrollieren sie aber immer, zu jedem Moment, zu jeder Zeit. Ihr könnt das nicht.«

Fast ist es, als würde er nicken, doch nur fast. »Nicht ganz.«

»Nicht?«, frage ich überrascht. »Was habe ich übersehen?«

»Verantwortung.«

»Verantwortung?«, frage ich überrascht.

Er sieht nach vorne. Es ist, als würde er nicht zu mir sprechen, sondern zu sich selbst. »Menschen machen Fehler. Ja, sie lassen sich von Gefühlen verleiten und manchmal geschehen schlimme Dinge. Aber nicht das ist, was uns ausmacht. Sondern die Reue. Die Erkenntnis der eigenen Taten und der eigenen Schuld. Wir übernehmen Verantwortung für das, was wir tun. Wir lernen aus unseren Fehlern und aus denen anderer. Wir nehmen uns vor, uns zu bessern, Fehler nicht zu wiederholen und Unrecht wiedergutzumachen. Es gelingt nicht immer, aber solange der Mensch an sich selbst glaubt, er ein Ziel und Hoffnung hat, solange ist er auf dem richtigen Weg.«

»Der richtige Weg?«

»Du bist eine Hexe. Noch nie hat eine Hexe sich um etwas anderes als sich selbst geschert. Ihr übernehmt für niemanden Verantwortung außer für euch selbst. Ihr empfindet keine Reue, keine Schuld. Das ist, was euch von uns unterscheidet. Das ist, warum ich euch jage«, sagt er und endlich, endlich sieht er mich an und sein Blick ist so hart wie Stahl.

Ich war die Königin. Ich sorgte für das Wohl aller Völker, oder nicht? Ich war die Königin der Menschen, der Feen und Elfen. Die Königin aller Wesen unter dem Himmel und in den Tiefen der Ozeane und Berge.

»Ich übernehme Verantwortung für Elle«, flüstere ich.

Der Hexenjäger schnaubt. »Und du glaubst, ein Kind zu beschützen, wiegt all die Grausamkeiten der Vergangenheit auf?«

Grausamkeit. Das Wort steckt in meiner Kehle. Es schmeckt bitter. Und ich begreife eine schreckliche Wahrheit: Auch zu meiner Zeit brannten die Scheiterhaufen, starben Menschen. In meiner Welt war jeder ersetzbar. Wer nicht funktionierte, wurde ausgetauscht. Wer mir nicht passte, verschwand von der Erdoberfläche. Grausam. Ich war grausam.

»Ich weiß nicht mehr, was richtig ist und was falsch«, sage ich matt. »Ich weiß nicht mehr, wer ich bin.«

»Aber du weißt, wer du warst«, sagt der Hexenjäger ruhig.

»Ja«, antworte ich leise und presse mein Gesicht an den kleinen Lockenkopf. Ich war wie sie, ein Kind voller Träume. Doch wurden sie mir an einem eisigen Wintermorgen geraubt und zurück blieb nichts als der Wunsch nach Vergeltung.

»Ich helfe dir weiterzuträumen!«, flüstere ich dem kleinen Mädchen zu. »Du darfst nicht damit aufhören! Schütze deine Träume, dann schützt du dein Herz!«

»Mama«, murmelt sie im Schlaf und ich wiege sie sanft hin und her. »Schlaf, meine Kleine. Träume süß.«

ixen

Ich bette das schlafende Mädchen in meinen roten Mantel unter einem windschiefen, herbstlich eingefärbten Haselstrauch. Ihre Wangen glänzen, ihre geschlossenen Augen sind von dunklen Wimpern gerahmt. Ich streiche ihr über die wirren Locken und weiß doch nicht, was ich da tue.

»Was mache ich nur?«, flüstere ich und sehe sie an. Der Hexenjäger hatte recht. Ich kann nicht für sie sorgen. Ihre Mutter starb, weil sie für eine Hexe gehalten wurde – für jemanden wie mich.

»Sie kann das nicht nochmal durchmachen«, sage ich zum Hexenjäger und setze mich neben ihn an den Weiher. »Wir müssen ihr ein Zuhause suchen. Ein Gutes.«

»Hast du tatsächlich darüber nachgedacht, sie zu behalten?«, fragt er spöttisch.

»Ich habe gar nichts gedacht«. Ich bin ehrlich.

Er schnippt flache Kiesel in das Wasser, sie tanzen auf der Oberfläche. Ich sehe zwei Nixen fauchend untertauchen. Ihre schuppigen Leiber glänzen grün, ehe sie in den Tiefen des Weihers verschwinden. Eine Wichtelfamilie spaziert am anderen Ufer vorbei.

»Es ist das Beste für sie, nicht wahr?«, frage ich leise.

»Ja.«

Ich blicke zum dunkelnden Himmel. Die ersten Sterne blinzeln zu uns hinunter. »Ich will nur, dass es ihr gut geht.«

Er sieht mich kurz von der Seite an. »Sie ist nur irgendein Menschenkind.«

»Sie ist wie ich.«

Er nickt, als wäre das des ganzen Rätsels Lösung. »Nicht weit von hier liegt eine alte Mühle. Ich kenne die Leute, die dort leben. Sie wird es gut haben.«

Sie wird es gut haben – hallt es in meinem Kopf. Ich muss sie abgeben. Ihr kleiner Körper fühlt sich seltsam vertraut an. Ganz so, als hätte ich schon einmal ein kleines Kind auf den Armen getragen, es geschützt und geliebt.

So viel Chaos in meinem Kopf, in meinem Herzen. Ich streife die Schuhe ab und steige aus dem schwarzen Anzug. Alles riecht nach Rauch, nach Feuer und Tod! Ich tunke die Kleidung ins kalte Wasser, reibe den Gestank hinaus.

Eine Nixe taucht nicht weit entfernt auf und sieht mich aus schimmernden Augen an. Ich bemerke, wie der Hexenjäger seine Armbrust hebt.

»Nicht«, halte ich ihn auf. »Sie tut mir nichts.«

»Nixen sind gefährlich«, warnt er.

»Nicht für mich.« Ich lächele beinahe. »Du jagst Feen und weißt doch so wenig über uns.«

»Ich weiß alles, was ich wissen muss.«

Wehmütig sehe ich ihn an. »Nicht alles an uns ist verdorben. Die Menschen fürchten uns, die magischen Wesen nicht. Wir sind wie sie.«

Ich strecke meine Hand aus und die Nixe folgt meinem Beispiel. Ihre grünen, schuppigen Finger berühren die meinen. Sie sind warm, rau und nass. Ihre dunklen Lippen verziehen sich zu einem Lächeln, entblößen große Fangzähne, mit denen sie schon Dutzende Gäste ihres Weihers hinabzog, hinab in ihr Reich. Doch mir tut sie nichts. Sie erkennt mich. Ehrfürchtig neigt sie den Kopf. Zwei weitere Nixen tauchen auf, das Haar wie fließender Seetang. Die grünen Leiber glänzen. Sie beginnen zu singen, so rein und sanft. Ihre Schultern wiegen sich hin und

her, einer uralten Melodie folgend. Sie singen nur für mich und laden mich ein, ihrem betörenden Tanz zu folgen.

Ohne auf die Warnung des Hexenjägers zu achten, steige ich in das kühle Wasser und ergreife die vertrauten Hände. Sie tanzen um mich herum und ich mit ihnen. Der Mond spiegelt sich auf ihren schuppigen Flossen, in ihren schimmernden Augen. Ihre rauen Hände berühren mich, streicheln mich und langsam, ganz langsam ziehen sie mich hinab in die Tiefen des Weihers. Am Grund sehe ich ihre matt erleuchtenden Hütten stehen. Ich erinnere mich an viele Stunden, die ich in solchen Wasserhäusern verbrachte. Abgeschieden von der Welt, im schummerigen Zwielicht, steht die Zeit beinahe still.

Die großen Augen, sie sind das Letzte, das so viele Opfer sahen. Ihre wunderschönen weiblichen Körper, ihre vielversprechenden Blicke und Gesten. War ihr Gesang über Wasser rein und hell wie ein Gebirgsbach, so ist er unter der Oberfläche tief und voll, wie das Rauschen des Meeres, mitreißend und aufwühlend.

Doch merke ich, dass etwas nicht stimmt. Druck, so großer Druck auf meiner Lunge. Ich versuche zu atmen, doch nur eiskaltes Wasser dringt in meinen Mund.

Ich kann nicht unter Wasser atmen!

Wie das Sehen in der Nacht habe ich es verlernt. Fest presse ich die Lippen zusammen, widerstehe dem Drang tief Luft zu holen. Ich befreie mich aus dem Griff der Nixen, strampele zur Oberfläche. Prustend breche ich durch.

Luft, frische Luft strömt in meine Lungen. Dann spüre ich die rauen Finger an meinem Knöchel. Sie ziehen mich zurück – zurück unter Wasser. Der Weiher umfängt mich. Ich trete nach der Nixe, die mich festhält. Sie weicht erschrocken, den Blick voller Argwohn. Sie kneift die Augen zusammen, mustert mich.

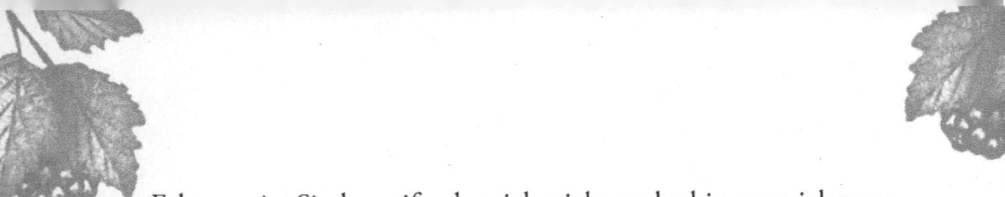

Erkenntnis. Sie begreift, dass ich nicht mehr bin, wer ich war. Bevor sie eine Entscheidung treffen kann, packt mich jemand an meinen Zopf und zerrt mich an die Oberfläche. Ich schnappe nach Luft, keuche, spucke Wasser. Ein Arm schließt sich um meine Brust.

»Verdammte Hexe«, knurrt der Hexenjäger und schleift mich zum Land. »Wolltest du dich umbringen?«

Hustend lande ich im Gras, der Hexenjäger mit seinem triefenden Hemd neben mir. Wasser perlt aus seinen Haaren. Ich spüre wie meine Wangen zu glühen beginnen. »Ich kann nicht mehr unter Wasser atmen«, keuche ich.

»Um das herauszufinden, musst du mit Nixen schwimmen?«

Drei schimmernde Augenpaare beobachten uns von der Mitte des Weihers. Misstrauen, Argwohn. »Sie hätten mir nichts getan«, behaupte ich steif und weiß doch nicht, ob es stimmt. »Früher schwamm ich oft mit den Nixen.«

Ungläubig schüttelt er den Kopf und schält sich aus seinem klatschnassen Hemd. Er wringt es aus. »Mit dir habe ich nur Ärger.« Das Hemd hängt er über einen Ast des Haselstrauches. Er steigt aus seinen Stiefeln. Riesige Mengen an Wasser ergießen sich aus ihnen. »Es ist schwerer, dich am Leben zu halten, als die anderen Hexen zu töten.«

Ich setze mich hin und schlinge die Arme um meine Beine. Nichts ist mehr, wie es war. Nein, *ich* bin es nicht mehr. Ich bin falsch.

Oder doch richtig? Endlich richtig?

Ich drehe mich um und sehe nach dem kleinen Lockenkopf. Ihre Augen sind geschlossen. Ihr Atem ist ruhig und gleichmäßig. Solange sie träumt, ist sie frei. Ich strecke mich und berühre sie sanft mit den Fingerspitzen, streiche über ihre seidig weiche Haut, ihre kleine Nasenspitze.

»Der Uhrmacher sagte etwas zu mir«, sage ich leise, doch wie immer versteht der Hexenjäger jedes Wort. »Selbst wenn ich«, die Worte fallen mir schwer, »... selbst wenn ich meinen Schwestern verzeihen könnte für das, was sie mir angetan haben, du wirst sie weiter jagen.« Ich drehe mich zu ihm, blicke ihn an. Mit nackter Brust sitzt er neben mir, die Augen so dunkel, dass ich nichts in ihnen lesen kann.

»Verzeihen?«, fragt er nur.

Ich löse mich von dem kleinen Mädchen, das schon viel zu präsent in meinem Herzen ist, und wende mich ganz und gar dem Hexenjäger zu. »Ja«, antworte ich ruhig. »Was, wenn ich nicht mehr jagen will?«

Wie beiläufig greift er nach meinem Zopf und lässt sich die dicken Flechten durch seine Finger gleiten. »Was stellst du dir vor? Dass ich dich gehen lasse und vergesse, wer du bist?« Seine Stimme ist leise, zu leise.

»Warum jagst du die Feen?«, flüstere ich.

»Weil niemand sonst es tut.«

»Die Scheiterhaufen brennen zu Dutzenden. Alle jagen sie.«

»Keine der Dreizehn ist so leicht zu fangen, als dass sie auf den Scheiterhaufen enden können. Außer dir vielleicht.« Er grinst, doch es ist nicht fröhlich.

»Warum beschützt du mich?«

»Weil du eine Waffe bist. Eine Waffe gegen deine Schwestern.« Seine Hand löst sich ganz plötzlich von meinem Zopf. Er lehnt sich zurück und fixiert mich.

Ich wende mich ab. Seine Worte verletzen. Eifrig beginne ich die nassen Flechten zu lösen. Ich kämme mit meinen Fingern durch das feuchte Haar. Wie ein Vorhang schirmt es mich vor seinem forschenden Blick ab. Hexenjäger. Ist es Schicksal? Ich denke zurück an den Kartenkreis auf der rotweiß karierten Decke

im Wald. Die Zwölf Schwestern – vier Karten sind umgedreht. Ihre Rollen in diesem Leben haben geendet. Acht Schwestern verbleiben im Kreis. Ihr Schicksal ist ungewiss. Nur das Orakel weiß, was kommen mag. Das Orakel. Plötzlich habe ich den dringenden Wunsch sie zu sehen, ihre Karten um Rat zu bitten.

»Ich habe mich die ganze Zeit gefragt, wie du mit offenen Haaren aussehen magst«, sagt der Hexenjäger rau und streicht durch die losen, dunklen Flechten. Seine Hand legt sich an meinen Nacken, sein Daumen fährt über meine Wange, hin zu meinen Lippen. Ich hebe den Blick. Er und ich.

»Meine Hexe«, flüstert er und küsst mich.

Ist es Liebe? Ich weiß es nicht.

Ist es Schicksal? Vielleicht.

Alles, was zählt, ist der Moment.

Hätte ich meine Macht, so würde ich der Zeit befehlen innezuhalten.

Ich würde eine Welt schaffen – nur für uns. Seine Hände auf meiner Haut, seine Lippen auf meinen, seine gemurmelten Worte, die beim nächsten Erwachen nicht wie Lügen klingen würden. Ich spüre seine unzähmbare Kraft und weiß, dass sie mir eines Tages zum Verhängnis werden wird. Während ich ihn liebe, wächst die Verzweiflung. Ich will nicht, dass es endet! Ich klammere mich an ihn. Meine Gedanken schreien, mein Herz weint. Ich sehe meine Schwester vor mir, wie sie die letzte verborgene Karte umdreht und ich weiß, dass es der Jäger ist.

Er ist es!

Alles geschah wegen ihm. Ich blicke in die dunklen Augen des Hexenjägers, spüre, wie meine Erregung mit jedem seiner Stöße wächst, wie ich in den Tränen meines Herzens ertrinke. Mein Schicksal ist untrennbar mit dem seinen verbunden.

»Sieh mich an, Hexe«, fordert er heiser.

Ich schlinge die Arme um seinen Nacken und ziehe ihn zu mir hinab. »Ich sehe nur dich«, antworte ich rau an seine Lippen. »Nur dich.«

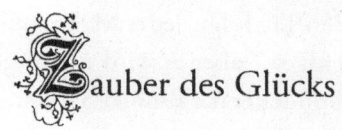

Zauber des Glücks

Eine Familie. Mutter, Vater, Kind. Und das letzte Stück Brot.

Die Liebe geht seltsame Wege. Niemand kann sie lenken, niemand wird sie je verstehen. Vielleicht bleibt sie bis zum Schluss das einzige ungelüftete Geheimnis dieser Welt. Vielleicht muss es so sein.

Ich kreuze meine Finger mit denen des Hexenjägers. Er drückt sie sanft. Vor uns läuft Elle, die roten Locken wippen bei jedem Schritt. Bedacht folgt sie mit ihren kleinen, stämmigen Beinen einem blauen Schmetterling. Er landet auf einer weißen Blüte. Die Flügel öffnen sich, strahlen und funkeln im warmen Sonnenlicht. Elle bestaunt ihn mit großen Augen.

»Schön«, flüstert sie andächtig und streckt die winzige Hand aus. Doch schon fliegt er weiter, zur nächsten Blüte auf den endlosen Wiesen der grünen Ebene. Sanft schmiegen sich die Felder über die flachen Hügel. Bunte Blütenköpfe schweben über den langen Halmen des grüngoldenen Grases. Hier und da thront ein uralter Baum. In den mächtigen Kronen höre ich die Elfen summen.

Inmitten dieser unberührten Natur läuft Elle. Sorgsam setzt sie ihre Schritte, so als fürchte sie, in ein Loch zu fallen und nie mehr hinauszukommen.

»Warum weint sie nicht mehr?«, frage ich und sehe ihr nachdenklich hinterher.

»Nur weil du ihre Tränen nicht siehst, heißt das nicht, dass da keine sind«, sagt er ruhig. »Gerade du solltest das wissen.«

Ich nicke. Ich verstehe. Jeder Moment des Glücks betäubt den Schmerz für eine Weile, aber er kommt zurück, so gewiss,

wie die Nacht auf den Tag folgt. Jedes Mal schmerzt es ein klitzekleines bisschen weniger – aber es wird nie vergehen. Vorsichtig bückt sich Elle und pflückt eine Blume. Sie erstarrt und ich frage mich entsetzt, ob jetzt die Erinnerung kommt.

»Elle«, rufe ich schnell und das kleine Mädchen dreht sich um. Ihre Augen glänzen feucht, ihre Lippen zittern. »Willst du Elfen-Nektar probieren?« Sie zögert, dann nickt sie. Ihre Stirn bleibt gefurcht.

Ich löse mich vom Hexenjäger und laufe zu ihr. »Siehst du den großen Baum dort drüben? Hoch oben in seinem Wipfel leben die Elfen in ihren gläsernen Palästen. Hast du schon einmal eine Elfe gesehen?«, frage ich.

Sie schüttelt den Kopf.

»Dann wird es aber höchste Zeit«, rufe ich und wende mich zum Gehen. Ihre kleine Hand schiebt sich in meine. Mein Herz stolpert. Ich wage kaum, sie anzusehen. Unendlich vertrauensvoll blickt sie mich aus ihren großen, grünen Augen an. So verletzlich, so rein. »Komm«, sage ich leise. Hand in Hand nähern wir uns dem Summen und Singen der Elfen. Unter dem Baum ist es kühl und schattig. Das Gras ist weich, der Stamm rau.

»Pass gut auf«, sage ich zu Elle und knie mich neben sie. Ich rufe nach den Elfen, so wie wir Feen es seit Urzeiten tun. Eine kleine Melodie aus wenigen Tönen. Das Summen verstummt. Elle sieht mich groß an, dann leuchten ihre Augen auf: Ein ganzer Schwarm tanzender Elfen ergießt sich über uns.

Die Königin, wispern sie im Chor. *Die Königin.*

Ich schließe die Augen und genieße das leise Flattern der Flügel, die kleine Hand in meiner.

»Schön«, flüstert Elle.

Ich lächele stumm.

Alles ist gesagt.

Elle kichert. Ich sehe sie an. Eine Elfe baumelt an ihrer Locke. Zwei weitere sitzen auf der kleinen Puppe, die Elle niemals loslässt.

Ich begegne dem Blick des Hexenjägers. Sein Gesicht ist ernst.

»Pass auf, kleine Elle«, sage ich und zeige hinauf in das schimmernde Blätterdach. »Da oben haben die Elfen ihren verzauberten Nektar. Es ist ein ganz besonderer Nektar, denn er macht glücklich. Sie teilen ihn nicht gerne. Aber uns werden sie etwas abgeben. Ich bin eine alte Freundin von ihnen. Und du bist jetzt auch eine Freundin der Elfen. Immer wenn du traurig bist oder ein bisschen Lust auf Nektar hast, dann komm hierher und ruf nach ihnen, wie ich es eben getan habe, ja?«

Sie nickt, als würde sie jedes Wort verstehen. Und vielleicht tut sie das auch.

»Du bist ein ganz besonderes Kind«, flüstere ich. Zärtlich fahre ich mit der Hand durch ihre roten Locken. Die wippende Elfe fliegt verschreckt davon. Dann drehe ich mich um und erklimme die raue Rinde des uralten Stammes. Ast für Ast klettere ich hinauf. Elle und ihr kleines, schnell schlagendes Herz bleiben am Grund zurück. Ich kann sie nicht beschützen, nicht ich. Nirgends ist sie so in Gefahr wie in meiner Nähe.

Ich muss mich meinen Schwestern stellen. Ob Rache, ob Gnade, es wird zu einem Ende kommen, das ich nicht vorhersehen kann. Die einzige Person, die es könnte, kann ich nicht fragen, weil es ihr Tod wäre.

Und ich weiß nicht, ob ich das will.

Die Saat der Zweifel, sie wächst in mir, sie keimt und gedeiht wie ein zartes Pflänzchen. Genährt von der Nähe des Hexenjägers, bestärkt durch die vertraute Geste einer kleinen Hand, die sich in meine schiebt.

Die Elfenpaläste hängen zwischen den Ästen. Wände und Dächer, Böden und Möbel, alles besteht aus funkelndem, hauchdünnen Glas. Weiter oben, an einem schmalen Ast baumelt der Tropf, in dem sie ihren wertvollen Nektar sammeln. Vorsichtig richte ich mich auf und schiebe die Hand in die sämige, silbern glänzende Flüssigkeit. Sie ist warm und klebrig. Ich schnuppere daran. Anders als der Nektar der Waldelfen duftet er nicht nach Mondblumen. Sein Aroma ist so vielfältig wie die Blumen auf der Wiese.

Genau vor mir öffnet sich das Blätterdach zu einem dicht bewachsenen Fenster. Endlos ziehen sich die grünen Ebenen zum Horizont. Wie Wellen wogen die Halme im Wind. Er trägt eine Prise Salz mit sich. Das Meer. Obwohl es so fern ist, rieche ich es sogar hier. Wie ein silbernes Band schlängelt sich der Fluss durch das Grün. Weit im Osten mündet er in den großen Ozean.

»Alles in Ordnung, Hexe?«

»Ja, ja sicher.« Ich reiße mich los. Unten steht der Hexenjäger und blickt zu mir hinauf. Auf seinem Arm sitzt Elle. Ein seltsamer Anblick.

Der Abstieg dauert länger. Bemüht, den Nektar nicht zu verlieren, steige ich langsam tiefer. Ich sehe, wie Elle ihren Kopf an die Schulter des Hexenjägers lehnt, ihre großen Augen lächeln mir entgegen.

Ihre Mama ist tot.

Der Hexenjäger sagt etwas zu ihr, sie kichert.

Sie ist so klein. Eines Tages wird sie begreifen, was mit ihrer Mutter geschah. Dann wird sie wissen, wie es sich anfühlt zu hassen. Und vielleicht wird sie Rache wollen.

Rache an den Menschen, die ihre Mutter töteten, Rache an uns Feen.

An mir.

Ich verdränge den Gedanken. Sie ist nicht wie ich. Versuche ich nicht alles, damit sie eine Chance auf ein glückliches Leben hat?

Ich verharre. Eine zweite Chance? Bin ich nur deswegen hier? Nicht meinetwegen, sondern ihretwegen? Um sie zu retten? Ich sehe sie an, die kleine Stupsnase, übersät mit Sommersprossen, die rosa Unterlippe, die sie sanft einsaugt. Wenn mein zweites Leben nur den Sinn hat, sie zu schützen, dann ist es ein gutes Leben.

Lächelnd springe ich neben ihnen ins Gras. Die Elfen umkreisen uns.

»Hier«, sage ich und halte ihr meine Hand hin. »Probiere einmal. Es schmeckt ganz süß.«

Elle öffnet die Lippen und leckt zögernd etwas Nektar von meinen Fingerspitzen. Ihre Augen beginnen zu strahlen.

»Schön«, ruft sie eines ihrer wenigen Worte und lacht. »Mehr.«

Ich halte ihr die Finger an die Lippen, während sie den Nektar begierig abschleckt. Ich höre, wie ihr kleines Herz schneller zu schlagen beginnt. Der Nektar entfaltet seine Wirkung.

»So, das ist erst einmal genug«, sage ich. Sie sieht mich schmollend an, sagt aber nichts, als der Hexenjäger sie unter den Baum setzt. Zwei Elfen fliegen sofort herbei und umkreisen sie singend. Elle kichert.

»Willst du auch?« Fragend halte ich ihm meine Hand hin. Er blickt von der klebrigen Flüssigkeit zu mir.

»Nein.«

»Wie du meinst.« Ich zucke mit den Schultern und sauge die Reste von meinen Fingern. Süß, so herrlich süß. Ich spüre die wohlige Wärme, die von der Kehle durch den Körper strahlt. Ich spüre das sanfte Kribbeln. Glück, kein Vergleich zu reinem Mondblumen-Nektar, aber doch berauschend genug, dass ich

versunken grinse. »Du weiß nicht, was du verpasst«, lalle ich beinahe.

»Oh, doch«, sagt er und sieht mich seltsam an. Seine Augen wirken unendlich viel grüner als sonst, seine Lippen sanfter.

»Du gefällst mir.« Jetzt kichere ich auch noch und schlinge einen Arm um seinen Nacken. Er will zurückweichen, doch ich lasse ihn nicht. »Verdammte Hexe«, knurrt er, aber da küsse ich ihn schon, presse meine nach süßem Nektar schmeckenden Lippen auf seine. Er wehrt sich nicht. Ich schmiege mich an ihn, an seinen vertrauten Körper.

Die Wirkung des Glücks ist bei uns Feen nur von so kurzer Dauer. Vielleicht haben wir im Laufe der Jahre zu viel genascht, vielleicht ist uns ein solches Gefühl nicht vergönnt. Ich spüre, wie der Rausch nachlässt, meine Gedanken sich ordnen und doch kann und will ich mich nicht von ihm lösen. Nicht jetzt, wo er meinen Kuss erwidert. Nicht leidenschaftlich, sondern unendlich vertraut und zärtlich. Und das Gefühl seiner Lippen auf meinen ist um so viel erfüllender, als es der Nektar je sein könnte.

»Mama«, sagt Elle und zerrt an meiner Hand.

Erschrocken weiche ich zurück. Ich spüre, wie er mich ansieht, mich mustert. Ich weiß nicht, was er von mir denkt, was er für mich empfindet. Doch jetzt ist nicht der Zeitpunkt, um darüber zu sprechen.

Elle streckt mir ihre Arme entgegen. Ich hebe sie hoch und ihr kleiner Körper kuschelt sich eng an meinen. »Mama«, nuschelt sie erneut.

»Kleine Elle«, sage ich nur. Es gibt keine Worte, die ihr helfen können. Ich streiche ihr über die wirren Locken und denke an den ernsten Ausdruck in ihren Augen, als ich ihr von den Elfen erzählte. Vielleicht versteht sie schon so viel mehr, als ich ahne.

Sie hebt den Kopf und lächelt. »Mama.«

Entsetzt begreife ich, dass sie mich meint. »Nein, Elle! Nein, das bin ich nicht«, stammele ich. »Ich bin nicht …«

Ihre grünen Augen sehen mich erwartungsvoll an, ihr Herz rast. Es ist der Nektar. Er lässt sie den Schmerz vergessen. Er lässt sie Glück empfinden, wo keines ist! *Mama.*

»Ich bin nicht deine Mama«, flüstere ich, doch sie strahlt mich an, die kleine Puppe fest im Arm.

»Nimm sie!«, rufe ich erstickt und drücke sie in den Arm des Hexenjägers. Ohne mich umzudrehen, fliehe ich über die Blütenwiesen, fort von dem Kind, das ich nicht lieben darf, und fort von dem Mann, der mir nicht bestimmt ist.

Ich höre wie sie mir folgen, ich höre ihn leise zu ihr sprechen.

Vor so vielen Jahren floh ich aus einem perfekten Leben, um die Liebe zu suchen. Niemals, niemals habe ich erwartet, dass sie in Form eines Kindes auftaucht. Elle. Ich streiche mir die Tränen von den Wangen. Kleine Elle.

Weit im Norden sehe ich den Drachen kreisen. Sie suchen mich. Sie werden mich finden. Und wie die Giftmischerin, werden sie versuchen, mich an meinen Schwachstellen anzugreifen. Die Liebe, sie macht verwundbar. Sie macht schwach.

Ich muss sie sehen, jede einzelne meiner verbliebenen Schwestern.

Und vielleicht muss ich sie töten, nicht mehr aus Rache, sondern um Elle zu schützen.

Die Wiese öffnet sich. Ein kleiner Bach trägt sein Wasser zum silbernen Fluss. Ich knie nieder, wasche mir die Tränen vom Gesicht.

»Ich wünschte, ich würde sie nicht lieben«, hauche ich meinem verzerrten Spiegelbild zu. Alles wäre einfacher. Und zum ersten Mal frage ich mich, ob es sich lohnt zu lieben.

Eine Schwanzflosse taucht aus dem Wasser, spritzt mich nass. Gerade noch sehe ich, wie sich der geschmeidige Körper einer Nixe durch die schnellen Fluten des Baches windet, ehe er stromabwärts verschwindet.

Es hilft nichts, stelle ich seufzend fest und erhebe mich. Elle ist in mein Leben getreten. Ich kann nicht ungeschehen machen, dass sie mein Herz berührte. Ich kann nur damit leben.

Mit einem seltsamen Ziehen in der Brust sehe ich ihnen entgegen, Elle und dem Hexenjäger. Es wird Zeit, sich von ihr zu trennen und den Weg zu gehen, der mir bestimmt ist.

Brunnenhexe und Rattenbiest

Der Abend dämmert bereits, als wir den kleinen Hof mit der windschiefen Mühle in der kleinen Senke am Fluss ausmachen können. Hell erleuchtete Fenster scheinen einladend in die anbrechende Nacht hinaus. Kühe und Kälber schlafen auf einer eingezäunten Weide, ein Dutzend Pferde grasen auf einer zweiten. Eine Tür wird aufgerissen, ein goldenes Rechteck aus Licht fällt auf den dunklen Hof. Aufgeschreckt maunzt eine Katze. Eine Frau tritt hinaus, nicht mehr als ein schattiger Umriss, jemand ruft ihr hinterher, Lachen erschallt aus dem Innern des Hauses, dann fällt die Tür ins Schloss. Die Frau geht zu dem gemauerten Brunnen, lässt einen Eimer hinab. Ich höre das leise Quietschen der Winde, den sanften Aufprall am Grund.

Die Frau dreht den Kopf, sie hat uns auch gehört. Elle hat im Schlaf gemurmelt. Ich drücke sie fester an mich.

Misstrauisch blickt die Frau uns entgegen, eine Hand auf dem Schaft des Messers, das sie in ihrem Gürtel trägt. Als sie den Hexenjäger erkennt, erhellt sich ihr Blick. Lachend fliegt sie ihm entgegen und schlingt die Arme um seinen Hals.

Wie erstarrt stehe ich da. Ihre Lippen auf seinen. Und in mir wird alles kalt.

»So eine angenehme Überraschung!«, lacht sie und löst sich von ihm. Dann findet ihr Blick mich und Elle. Sie kneift die Augen zusammen. »Du hast Begleitung dabei? Das wird Viktor nicht gefallen.«

»Ja«, sagt er nur und legt den Arm um ihre Schultern. »Wir sind weit gereist und hungrig. Wir brauchen eine Rast und eine ordentliche Mahlzeit.«

Sie schmiegt sich noch enger an ihn. »Für dich doch immer«, gurrt sie und mir wird schlecht. Ich schwanke, meine Beine fühlen sich seltsam taub an, mein Kopf auch. Elle bewegt sich unruhig in meinem Arm. Sie spürt meine Anspannung.

Mein Entsetzen. Meinen Zorn.

Wer ist diese Frau?

»Willst du da stehen bleiben?«, ruft der Hexenjäger unberührt und blickt kurz über die Schulter, ehe er mit der fremden und doch sichtbar so vertrauten Frau im Haus verschwindet. Ich höre, wie er begrüßt wird, ich höre ihn lachen. Und sein Lachen schmerzt am meisten.

Und mit jedem mühsamen Schritt, zu dem ich mich durchringe, wächst die Angst in meinem Herzen, gleichsam der Zorn. Er hat mich benutzt!

»Verdammt gut, dich zu sehen, Hexenjäger«, höre ich einen Mann rufen. »Wir dachten uns, dass du über kurz oder lang hierherkommen würdest. Fantastische Arbeit hast du in der Wasserstadt geleistet. Das ganze Land erhebt sich gegen die verfluchten Hexen. Nicht mehr lange und sie werden nichts als Geschichte sein!«

Unbemerkt betrete ich den Raum. Ein heißes Feuer flackert im Kamin, so wie die Wut in meinen Augen. Ein langer, grob gedeckter Holztisch nimmt die Hälfte der warmen Stube ein. In einer Ecke thront ein mächtiges Bierfass. Auf Bänken sitzen Frauen und Männer in dunkler Kleidung, in den Händen Krüge mit schäumenden Bierkronen, die Gesichter gerötet. Aufmerksam sehen sie zum Hexenjäger. Die verdammte Frau hilft ihm beim Ablegen seines Mantels und seiner Armbrust. Er lächelt sie an und mein Herz wird zu Eis.

»Es wird verflucht viel darüber erzählt, wie genau die Giftmischerin vernichtet wurde«, fährt der Mann von vorhin fort. Er

sitzt mit dem Rücken zu mir. Lange, helle Haare fallen als dicker Zopf über seinen breiten Rücken. »Es ist mir verdammt egal, wie du das alte Biest besiegt hast! Hauptsache du hast sie vernichtet. Ein Hoch auf dich!«

»Auf den Hexenjäger!«, rufen die anderen und reißen ihre Krüge hoch, dass der Schaum nur so spritzt. Elle erwacht und beginnt zu wimmern.

»Psst«, flüstere ich und wiege sie sanft. Zehn Gesichter fahren zu mir herum.

»Du bist in Begleitung?«, fragt der blonde Mann argwöhnisch. Sein Blick ist seltsam feindlich.

»Ja«, antwortet der Hexenjäger und lässt sich ihm gegenüber nieder. »Deshalb bin ich hier. Die Kleine braucht ein neues Zuhause.«

»Welche von beiden?«, ruft ein Alter lallend vom Ende des Tisches und grinst von einem Ohr bis zum anderen. »Die Große nehme ich gerne!«

Eine Frau hustet, der Blonde runzelt die Brauen, die Frau neben dem Hexenjäger schnalzt mit der Zunge.

»Und was sollen wir mit einem Kind?«, fragt sie missbilligend.

»Ihre Mutter endete auf einem Scheiterhaufen«, erklärt er knapp.

»Verdammt viele Feuer brennen dieser Tage«, knurrt der Blonde und löst den Blick von mir. »Der Himmel ist schwarz vor Rauch.«

»Gestern erst war ich in der Stadt«, sagt ein rothaariger Mann mit nur einem Bein. »Die Gefängnisse sind überfüllt, das Reisig wird knapp. Der Wind bläst einem die Asche direkt ins Gesicht. Ich sag euch, der Wahn vernichtet mehr von uns, als es die Giftmischerin tat.«

»Sie werden wieder zur Vernunft kommen«, brummt der Blonde unwirsch und wendet sich dem Hexenjäger zu. »Du willst also, dass wir die Kleine aufnehmen.«

»Ja«, sagt er und nimmt ein Bier entgegen.

»Wie zum Teufel kommst du auf die Idee?«, ruft er kopf-schüttelnd. »In den kommenden Tagen werden wir mehr als genug damit zu tun haben, für Ordnung in den umliegenden Städten zu sorgen. Die Menschen brauchen in dieser dunklen Zeit jemanden, der sie führt.«

Der Hexenjäger nickt. Er sieht mich nicht an. Er würdigt mich keines Blickes. Es ist, als würde ich nicht existieren und nicht mit der wimmernden Elle im Arm in der Tür stehen. »Du willst den Menschen helfen?«, fragt er. »Aber einem verwaisten Kind nicht?«

Der Blonde schnaubt und lehnt sich zurück. »Hol mir ein neues Bier, Olga!«

Die Frau löst sich nur höchst unwillig von der Seite des He-xenjägers. Im Vorbeigehen mustert sie mich kalt. Sie ist schön, gestehe ich nur ungern ein, nicht so wie ich, sondern auf einfa-che, menschliche Art. Ihr Körper ist schlank, aber kräftig, ihre blonden Haare kurz. Die Art, wie sie geht, zeugt von unter-schwelliger Kraft und von Leidenschaft.

Ist sie die Geliebte des Hexenjägers?

Seine Frau?

»Du hast so ziemlich jede Regel gebrochen, die wir haben«, sagt der Blonde. »Aber heute bist du zu weit gegangen. Nicht nur, dass du zwei Fremden den Weg zu uns gezeigt hast, nein, du verlangst, dass wir das Kind bei uns aufnehmen!« Das Knal-len des gefüllten Bierglases auf dem Tisch unterbricht ihn kurz. »Danke, Olga.« Er klatscht ihr auf den Po. Mit einem wütenden Knurren verzieht sie sich zum Hexenjäger, lässt sich neben ihm

nieder und schmiegt sich an ihn. Zufrieden registriere ich, dass ihn Olgas Behandlung völlig kalt lässt.

»Es ist eine Bitte«, sagt der Hexenjäger leise. »Für begangene Dienste.«

Es wird still im Raum.

»Mama«, jammert Elle und reibt sich die müden Augen. Sie beginnt zu weinen. »Mama«, ruft sie. »Mama.«

Olga verdreht genervt die Augen. »Kann nicht jemand das Kind ruhigstellen?«

»Sie hat Hunger«, sage ich kalt und wiege Elle sanft.

»Dann gib ihr doch einer zu essen!«, ruft sie.

Die zweite Frau aus der Runde erhebt sich. An ihrer Hüfte steckt ein langes, zweischneidiges Jagdmesser. Sie reicht mir ein Stück Brot.

»Du kannst dich mit ihr auf mein Bett setzen.« Sie zeigt zu einer Bank, deren Umrisse sich gerade so in der schattigen Nische am Ende des Raumes abzeichnen.

Ich achte kaum darauf, was die anderen besprechen. Es geht um die Hexenjagd, um die revoltierenden Städte, um den neuen König der Wasserstadt. Wie es scheint, will der Blonde neuer Monarch werden. Ich mustere ihn kurz. Er ist groß und breit, seine Arme kräftig. Wenn er spricht, strahlt er eine raue Autorität aus. Anders als der Hexenjäger wird er nicht gefürchtet, sondern respektiert. Ich begegne flüchtig seinem Blick, forschend und klug. Ein gefährlicher Mann.

Ich wende ihm den Rücken zu, widme mich ganz Elle. Ängstlich blinzelt sie an mir vorbei, in der einen Hand fest die Puppe, in der anderen das Stück Brot, als wäre es der wertvollste Schatz. Hungrig knabbert sie daran.

»Hier hast du auch was zu trinken«, sagt die Frau freundlich und kniet neben mir nieder. Sie reicht Elle einen Becher mit

warmer Milch. Sie lächelt und ihre Züge bekommen etwas Weiches. »Ich heiße Samira. Das hier ist mein Bett, du kannst gerne darauf schlafen.«

Elle lächelt die große, dunkelhäutige Frau an. Ich spüre einen kleinen Stich im Herzen. Eifersucht?

»Setz dich an den Tisch und iss!«, sagt Samira zu mir. Ihre Augen sind von einem seltsamen hellen Braun, gesprenkelt mit Kohlesplittern. »Ich bleibe so lange bei der Kleinen. Wie heißt du denn?«

»Elle, sie heißt Elle«, sage ich und schaffe es doch nicht, mich zu erheben.

»Nur zu. Ich passe schon auf sie auf.« Samira wendet sich Elle zu. »Das ist aber eine schöne Puppe. Hat die auch einen Namen? Heißt die vielleicht … Anna? Nein? Heißt sie Sofie? Auch nicht?«

Elle kichert. Sie bemerkt nicht, wie ich aufstehe, sie sieht mir nicht nach. Und obwohl ich weiß, dass es gut so ist, weil sie hierbleiben muss, zerreißt es mich doch.

»Setz dich zu mir«, ruft der Einbeinige und rutscht ein Stück beiseite. Er schiebt mir seinen Teller herüber. »Nimm dir ein ordentliches Stück Braten. Haben die Kuh erst gestern geschlachtet. Jetzt wo die Hexen gejagt werden, brauchen wir alle nur verfügbaren Kräfte.«

Ich lege meinen roten Mantel ab und rutsche neben ihm auf die Bank.

»Rolf«, stellt er sich vor und klopft mir auf die Schulter. »Und das sind unsere tapferen Zwillinge Klaus und Gerd.« Er zeigt auf die beiden jungen Männer, die uns direkt gegenübersitzen. Sie sehen fast identisch aus, schmale Gesichter, lange Nasen, helle Haare. »Unser Boss ist Viktor. Samira und Olga sind die Frauen in unserer Runde. Den Trunkenbold da hinten kannst du verges-

sen. Die drei Brüder da drüben brauchst du auch nicht weiter zu beachten. Die sprechen eh mit niemandem.« An einem separaten Tisch spielen drei dunkelhaarige Männer Karten. Einer hebt den Kopf. Er fixiert Rolf, dann mich, ehe er sich wieder seinem Blatt zuwendet. »Und du bist?«

»Ein kluger Mann riet mir einst, seinen Namen zu hüten«, weiche ich aus und mustere den Spieler. Schweigend gewinnt er die Runde. Ohne erkennbare Reaktion der anderen streicht er das auf dem Tisch liegende Geld ein und die Karten werden neu vermischt.

»Na, wenn das nicht von unserem Hexenjäger stammen könnte.« Rolf lacht und rückt seinen Stumpf zurecht. »Wie bist du an ihn geraten?«

Ich sehe zu dem Hexenjäger. Leise unterhält er sich mit dem blonden Viktor, Olga hängt an seinem Arm. Als hätte sie gespürt, dass ich ihn ansehe, treffen sich kurz unsere Blicke. Sie verzieht den Mund zu einem breiten, stolzen Lächeln und legt ihre Hand auf seine Brust.

»Er hat mich gefunden«, antworte ich vage.

»Aha«, meint Rolf nur und reicht mir ein saftiges Stück Braten. »Dann lass es dir schmecken.«

Ich beiße in das zarte Fleisch. Es schmeckt nach Kräutern und Salz. Rolf reicht mir einen Humpen goldenes Bier. »Warst du vor der Kleinen bei ihm?«

Kauend nicke ich. Ich aß selten. Feen brauchen kein Essen. Wir brauchen nichts außer unserer Magie. Ich habe vergessen, wie wundervoll es ist zu schmecken.

»Warst du schon in der Wasserstadt bei ihm?«

Ich verschlucke mich fast. »Ja, auch da.«

Klaus und Gerd beugen sich interessiert vor. »Wie hat er das Biest denn nun wirklich getötet?«, fragt Gerd, der Größere von

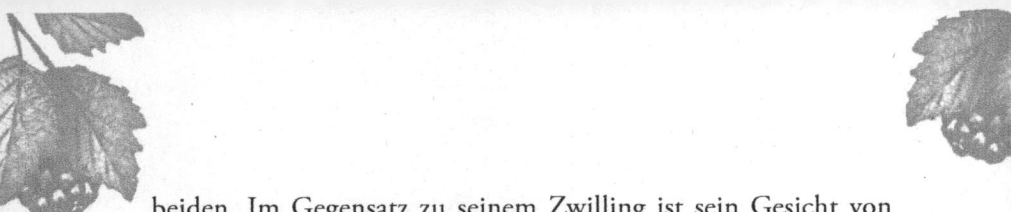

beiden. Im Gegensatz zu seinem Zwilling ist sein Gesicht von Narben entstellt. »Hat er sie erstochen oder enthauptet?«

»Ich hab gehört, sie sei von Gesteinsbrocken erschlagen worden«, ruft Klaus.

Erwartungsvoll sehen sie mich an.

»Weder noch«, sage ich leise.

»Wie denn dann?«, bohrt Rolf.

»Erschossen. Er hat sie erschossen.« Fast meine ich die Wucht der Einschläge zu spüren. Meine Hand fährt zur Brust. Aber da ist nichts, kein Bolzen, kein Blut. Nur das Herz, dem ein Stück herausgebrochen ist.

»Erschossen? Unmöglich«, murmelt Rolf. »Nicht einer meiner Pfeile hat sie erreicht. Dafür ihre Schlangen mich. Und wenn mein Pferd nicht wie der Teufel geritten wäre, hätte ich mehr als nur ein Bein verloren!«

»Ihr habt versucht, sie zu töten?«, frage ich überrascht.

»Natürlich«, ruft er aus und lacht. »Das ist unser Beruf.«

»Beruf?« Mein Mund wird trocken.

»Wir sind Hexenjäger. Jeder schwor mit seinem Blut, ein Leben auf der Jagd zu führen.« Ich höre kaum, was Rolf sagt. Mein Blick zuckt zum Hexenjäger, dem einen unter den anderen. Sie alle sind Hexenjäger. Er hat mich in ihr Nest geführt!

Der Braten gleitet mir aus den Fingern. Mit einem lauten Flatschen landet er auf dem Teller.

»Warum bist du denn so blass? Geht es dir nicht gut?« Rolf greift nach meiner Schulter. Ich weiche vor ihm zurück. »Alles in Ordnung?«

Ich sehe, wie Klaus argwöhnisch die Augenbrauen runzelt. Das Bratenmesser in seiner Hand ist unendlich scharf. Gerd blinzelt irritiert. An den schattigen Wänden erahne ich die Umrisse von Armbrüsten neben Schwertern, Lanzen neben Streitäxten,

Bögen und Totschläger. *Ihr Nest, ich bin in ihrem Nest!* Ein falsches Wort, eine unbedachte Geste, die mein Zeichen entblößt, reicht aus um mich zu enttarnen – als den ultimativen Feind. Ist das seine Absicht? Hat er mich hierhergebracht, weil er es selbst nicht tun kann?

Erneut streckt Rolf seine Hand nach mir aus. Ich keuche. Da ist mein Hexenjäger schon bei mir. Seine Hand schließt sich um meinen Oberarm, er zieht mich hoch.

»Komm mit«, raunt er mir zu und zerrt mich zur Tür, raus aus dem warmen Raum, fort von den misstrauischen Blicken. Stolpernd folge ich ihm zum Brunnen, er stößt mich dagegen. »Verdammt. Reiß dich zusammen.«

Ich starre ihn an und es ist mir, als habe ich ihn noch nie zuvor gesehen. Die Nacht am Fluss verblasst wie ein vergangener Traum. »Du hast mich hierhergebracht«, flüstere ich entsetzt. »Zu ihnen!«

Olga steht in der Tür, die Augen zu zwei Schlitzen verengt. Er greift nach meinem Kinn, zwingt mich ihn anzusehen. »Hör zu«, sagt er so leise, dass Olga ihn unmöglich hören kann. »Sie wissen nicht, wer du bist und ich will, dass das so bleibt, verstanden? Wenn sie es erfahren, kann ich für nichts garantieren!«

»Warum sind wir hier?« Die Worte kommen kaum aus meinem Mund.

»Weil Elle ein Zuhause braucht.«

»Du willst nicht, dass sie mich töten?«

Er weicht ein Stück zurück. Einen Moment schaut er mich ehrlich verblüfft an, dann wird er sehr ernst: »Das wird niemand außer mir tun«, lautet seine ganze Antwort. Er dreht sich um.

Ich schlucke schwer: »Ich kann da nicht wieder reingehen!«

»O doch«, sagt er und greift nach meinem Arm.

»Nein.«

»Für Elle.«

»Nein«, wispere ich und weiß doch, dass ich geschlagen bin. »Warte.«

Er sieht mich an. »Was?«

Ich will ihn nach Olga fragen, nach ihren Berührungen, seinem Arm um ihre Schultern. Aber ich lasse es. »Nichts«, murmele ich und folge ihm zurück ins Haus.

Olga erwartet ihn schon auf der Schwelle. Sie schlingt ihm die Arme um die Hüfte und funkelt mich wütend an. Sie würde mich töten, ohne zu wissen, wer ich bin.

»Was war los?«, fragt Viktor und beobachtet uns wachsam.

»Nichts«, antwortet der Hexenjäger gelassen und setzt sich auf seinen Platz. Olga folgt. Schwer atmend stehe ich in der Tür. Rolf rutscht beiseite – er zeigt neben sich, aber ich kann mich nicht rühren.

»Komm her«, befiehlt Viktor und greift nach meinem Handgelenk. Seine Finger schließen sich um das Zeichen, das versteckt unter den langen schwarzen Ärmeln liegt. Er zerrt mich näher. Ich beiße die Zähne zusammen, um ihn nicht zu schlagen oder ihm die Augen aus dem Gesicht zu kratzen. Angst vermischt mit Stolz.

So behandelt man keine Königin!

Elle, ich höre sie leise kichern.

Für Elle. Und ich gehorche.

»Und wer ist deine hübsche Begleitung nun?«, fragt er und mustert mich von oben bis unten. Er lotst mich neben sich auf die Bank. Der Hexenjäger kneift die Augen zusammen, sagt aber nichts. Olga legt ihre Hände besitzergreifend an seinen Hals, streicht ihm über die Wange.

Ich zwinge den Blick weg von dem Hexenjäger und der Frau an seiner Seite und fixiere stattdessen Viktor. Er grinst selbstzu-

frieden, er riecht nach Bier. Heute Abend hat er schon mehr als ein paar gehabt.

»Wirklich, ausgesprochen hübsch. Nahezu perfekt.« Er greift nach meinem Zopf. »Wie sagtest du noch gleich, bist du zu ihm gestoßen?«

»Er hat mich gefunden«, erwidere ich mit so viel Ruhe, wie ich aufbringen kann. Ich fokussiere mich ganz auf ihn, bemüht nichts Falsches zu sagen, mich nicht zu verraten.

»Gefunden. Soso.« Sein Grinsen wird breiter. »Normalerweise dulden wir keine Fremden hier. Zu groß ist die Gefahr, dass wir verraten werden könnten. Wir sind die letzten Widersacher der Dreizehn Hexen.«

»Neun«, verbessere ich.

Er lacht belustigt und beugt sich vor. »Ich weiß nicht, was du über die Hexen weißt, aber es scheint nicht besonders viel zu sein. Sie heißen zwar die Dreizehn Hexen, es gibt aber nur zwölf. Bleiben also acht.«

»Acht.« Ich nicke langsam. »Und wie viele habt Ihr bereits getötet?«

Das Grinsen verrutscht. Er blinzelt in die Runde, doch niemand außer dem Hexenjäger und Olga verfolgt unser Gespräch. Rolf streitet sich wegen irgendetwas mit Klaus und Gerd. Samira sitzt bei Elle. Der betrunkene Alte schnarcht am Ende der Bank. Die anderen sind vertieft in ihre Karten.

»Nun?«, frage ich leise.

»Ich erfülle andere Aufgaben«, sagt er nur und beendet damit das Thema. Er legt seine große Hand auf meine Schulter, drückt sie sanft. »Wir kommen nur selten hinaus in die Städte. Zu groß ist die Angst der Menschen, uns zu begegnen. Sie fürchten den Zorn der Hexen. Umso angenehmer ist die Abwechslung, bezaubernde Gesellschaft zu haben.«

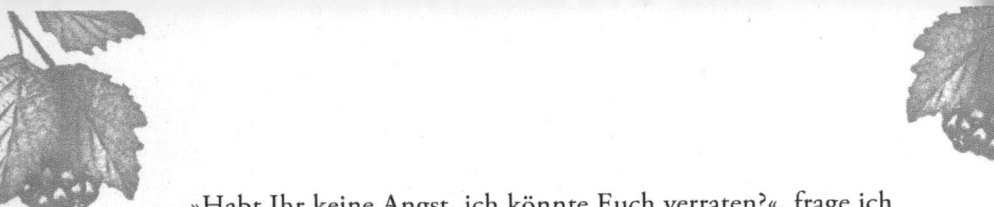

»Habt Ihr keine Angst, ich könnte Euch verraten?«, frage ich und behalte neben ihm alle anderen im Auge.

»Es ist gegen die Regeln«, gibt er zu, »aber du willst etwas von mir. Den Schutz des Kindes. Du wirst uns nicht verraten.« Seine Hand wandert weiter meinen Nacken hinauf. Seine Augen beginnen zu funkeln und ich spüre, wie er meiner Schönheit erliegt. »Ich finde, da ist es nur fair, eine Gegenleistung zu erbringen, nicht wahr? Eine Art Tauschgeschäft.«

»Tausch?«, frage ich unschuldig und verstehe doch, was er von mir verlangt. Er beugt sich zu mir.

»Wir beide sollten uns zurückziehen«, raunt er in mein Ohr. Sein Atem ist heiß, er ekelt mich an. Ich schließe die Augen und stelle mir vor, was ich mit ihm anstellen könnte, wenn ich meine Macht besäße. Wie ich ihn leiden lassen könnte ... Nein, unterbreche ich meine Gedanken. So will ich nicht mehr sein. So bin ich nicht mehr.

Seine Lippen berühren meine Haut. Ich erschaudere unter seinem Kuss. Ich öffne die Augen und starre direkt in die des Hexenjägers.

Er sagt nichts.

Im Turm bot ich mich ihm an, doch er wollte mich nicht. Jetzt wo ich so viele Tage und Nächte mit ihm verbrachte, mein Herz sich an seines band, will er mich noch immer nicht. Viktor schon.

Der Kuss an meinem Hals wird fordernder, seine Hand wandert tiefer.

Und der Hexenjäger tut nichts.

Abrupt stehe ich auf. Viktor schwankt, er will nach mir greifen, doch zu schnell habe ich mich aus seinem Griff gewunden und fliehe zum leeren Platz neben Rolf. Ich spüre, wie Viktor mir hinterherstarrt. Er sagt nichts. Er wird sich keine Blöße geben.

So ruhig wie möglich setze ich mich auf die Bank, die Hände im Schoß gefaltet.

Kurz blicke ich zum Hexenjäger. Ich meine, ein kleines Lächeln um seine Mundwinkel zucken zu sehen.

Rolf schlägt mir auf den Rücken, das Misstrauen in seinem Blick ist verschwunden. Wenn Viktor mit mir spricht, kann ich keine Gefahr darstellen.

»Alles geregelt mit dem guten, alten Hexenjäger?«, fragt er und grinst mich wissend an.

»Du hast die Giftmischerin angegriffen?«, lenke ich ab. Niemand bringt mich dazu, hier und jetzt über meine Beziehung zum Hexenjäger zu sprechen. Nicht jetzt, wo Olga an seiner Seite klebt.

Kommentarlos geht Rolf auf den Themenwechsel ein. »In der Tat. Und es war kein leichtes Unterfangen«, beginnt er. Ich zwinge mich, ihm zuzuhören und nicht zum anderen Ende des Tisches zu blinzeln. »Na, Gerd und ich waren frisch dabei, als wir es voriges Jahr mit der Giftmischerin aufnahmen. Zu zehnt griffen wir an. Nur Gerd und ich entkamen. Wir sind fürs Leben gekennzeichnet.« Er fasst sich an den Stumpf, ganz so, als würde es noch schmerzen. »Bis gestern habe ich nicht geglaubt, dass wir sie jemals töten können.«

»Hm«, mache ich nur und blicke auf meinen Braten.

»Erschossen«, murmelt Gerd und mustert mich seltsam. »Eine Geschichte, die mir zu Ohren kam, berichtet von einer weiteren sehr mächtigen Hexe, die zur gleichen Zeit in der Wasserstadt gewesen sein soll. Wenn ich mich recht entsinne, durchsuchten sie alle Gassen und Winkel, fanden sie aber nicht.«

Ich hebe wachsam den Kopf. Gerds Blick ruht auf mir. Ob er etwas ahnt …? Ob er mein Aussehen mit dem der anderen Feen vergleicht? Aber nein, er erkennt mich nicht, denn die Zeichen

der Feen – Schwarz, Rot und Weiß – sind gebannt. Ich denke an das kleine Mädchen unter dem Marktstand. Sie sah aus wie ich, wie tausend andere Menschen. Was mir einst zum Verhängnis wurde, rettet mich heute: Mein Aussehen ist nicht außergewöhnlich.

Der Blick des Spielers in der Ecke findet den meinen und einen endlosen Augenblick fürchte ich, dass er es weiß. Doch dann wendet er sich ab und spielt weiter.

Rolf lacht. »Warum sollte eine Hexe eine andere töten? Du siehst ja, was passiert! An jeder Ecke brennt eine vermeintliche Hexe. Ich sage dir, die Freiheit berauscht die Leute so sehr, dass sie nicht mehr zwischen Trug und Wahrheit unterscheiden können.«

»Mag sein«, murmelt Gerd und widmet sich seinem Teller. »Dennoch … es scheint mir unmöglich, dass er alleine sie getötet haben soll.«

Sein Zwilling nickt. »Schon, aber er tötete auch die Kinderfresserin, die Brunnenhexe und das Rattenbiest.«

»Brunnenhexe?«, frage ich sofort. Es kann nur eine sein.

Rolf kratzt sich an seinem rötlich schimmernden Bart. »Na, du weißt schon – die Hexe, die auf dem Grund der Brunnen lebte. Sie entführte Kinder und zwang sie zu weiß der Teufel was. Manche kehrten erst nach Jahren wieder, manche nie.«

»Und die, welche zurückkehrten, waren völlig verdorben. Die Haut so schwarz wie die Nacht, die Augen erloschen. Nie wieder hörte man sie lachen«, fügt Klaus hinzu.

»Wie hat er sie gefunden, die Brunnenhexe?«, frage ich und will es doch nicht wissen. Ich will nicht wissen, wie meine Schwester ihr Ende fand. *Sie war eine der Guten* – will ich schreien. *Sie war eine Freundin der Menschen!*

Aber ich sage nichts.

»Sie hat sich des Königs Tochter gekrallt«, berichtet Rolf und beugt sich zutraulich vor. Es bereitet ihm sichtlich Freude, in mir eine aufmerksame Zuhörerin gefunden zu haben. »Alles, was sie noch von der Prinzessin fanden, war ihre goldene Kugel, die verlassen am königlichen Brunnenrand lag. Dutzende Prinzen von nah und fern, Soldaten und die Tapfersten aus allen Volksschichten machten sich auf, um die Prinzessin zu finden. Der, dem es gelingen sollte, wurde die Hand der Königstochter versprochen.«

»Verdammt, war das eine Hübsche«, sagt Klaus leise und seine Mimik spricht Bände.

»Sie wurde nicht wiedergefunden?«, frage ich.

»O, doch, das wurde sie«, fährt Rolf fort. »Aber sie war nicht mehr die Alte. Ihr einst goldenes Haar hing in schwarzen Strähnen herab, ihre schimmernde Haut war fahl und blass. Über Nacht war aus der strahlenden Prinzessin ein Aschenputtel geworden. Das Schlimmste aber ist, dass sie mit niemandem mehr spricht.«

»Nicht einmal mit ihrem eigenen Vater«, wirft Gerd ein.

»Der König hält sie verborgen in einem kleinen Kämmerlein. Nachts hallen ihre Schreie durch die verlassenen Korridore. Keine Dienstmagd hält es länger als eine Woche bei der zurückgekehrten Königstochter aus. Jetzt lässt der König nach einem Heilmittel suchen.« Rolf lehnt sich zurück und dreht sein Bierglas nachdenklich in der Hand. »Es musste erst die Königstochter sein, bevor die Brunnenhexe fiel. Dutzende Kinder zuvor erlitten dasselbe Schicksal, aber niemand scherte sich drum.«

»Hat er sie gefunden?«, frage ich und meine den Hexenjäger. Ich versuche nicht an die Prinzessin zu denken, an ihre wehklagenden Schreie in der Nacht.

»Natürlich«, antwortet Rolf. »Am ersten Tag des dritten Mondes stand er mit ihr vor den Pforten des Schlosses, das ab-

getrennte Zeichen der Brunnenhexe am Gürtel. Niemand weiß, wie er den Weg in ihr Reich gefunden hat. Tausende suchten den Weg zuvor. Ich selbst kletterte etliche Brunnenschächte hinab, nur um am Grund festzustellen, dass nichts als steinerne Wände und eiskaltes Wasser auf mich warteten.«

»Es muss einen Geheimgang geben«, sagt Gerd.

Rolf schüttelt unwirsch den Kopf. »Wenn es einen gäbe, dann hätte ich ihn gefunden. Nein, da unten war nichts, in keinem der verdammten Brunnen.«

»Hm«, machen Klaus und Gerd gleichzeitig und alle drei sehen zum Hexenjäger. Sie wissen genauso wenig über ihn wie ich. Er ist ein Rätsel, gefährlich und faszinierend.

»Was geschah mit der versprochenen Belohnung?«

»Was will jemand wie der Hexenjäger schon mit einer Braut?«, lacht Klaus sichtlich amüsiert.

»Olga ist die Einzige, die ihn jemals gebändigt hat«, wirft Gerd ein.

Olga. Ich zwinge mich, nicht zu ihr hinüberzustarren, nicht ihre Hände an seinem Körper zu sehen. Ich will dem Hass nicht nachgeben, der gefährlich nahe unter der Oberfläche brodelt.

Olga.

»Nein, die Braut wollte er nicht«, sagt Rolf und legt mir nach kurzem Zögern die Hand auf die Schulter. Eine tröstende Geste. »Er bekam stattdessen die goldene Kugel.«

Eine goldene Kugel als Dank für den Tod der Brunnenhexe. So viel ist das Leben einer Fee wert. Fee für Fee fällt unter dem Schwert des Jägers. Zeichen für Zeichen als Trophäe genommen. Das schwarze Mal auf meiner Haut, es brennt. Ich balle die Hand zur Faust, widerstehe dem Drang, es von meinem Arm zu kratzen.

Ein Fluch liegt auf ihm. Ein Fluch liegt auf uns.

Ich weiß nicht, wie er die Brunnenhexe finden konnte, ich weiß nicht, wie er es schaffte, sie zu besiegen – ich weiß nur eines: Alles folgt einem bestimmten Sinn. Durch den Tod der Brunnenhexe wurde der erste Bann gelöst. Und mit dem Tod der Zweiten fiel der nächste und der Turm, in dem ich schlief, offenbarte sich der Welt. Ihre Leben mussten enden, damit meines beginnen konnte. Eine Uhr im Laden des Uhrmachers fing zu schlagen an – so wie mein Herz.

Ich weiß, wie ein Herz aussieht, wie es sich anfühlt und riecht. Oft genug hielt ich eines in meinen Händen, bewunderte den Dampf des noch heißen Blutes, beschwor seine Kraft, um Zauber zu perfektionieren und Tränke zu vollenden. Doch niemals verstand ich die wahre Gestalt des Herzens.

Seine wahre Macht.

Obwohl der Hexenjäger mich nicht ansieht, weiß er genau, was ich tue. Er lässt mich nicht außer acht, er passt auf mich auf oder besser gesagt, er bewacht mich. Schließlich bin ich sein Feind, oder nicht?

Das Zeichen auf meiner Haut, es fühlt sich falsch an. Ich möchte nichts weiter sein als Olga, die an seiner Seite sitzt, die ihn gebändigt hat. Ich will, dass er den Arm um mich legt.

Ich will, *dass er mich liebt.*

Samira setzt sich zu uns. »Die Kleine schläft jetzt«, sagt sie und greift nach dem Stück Fleisch, das ich fallen ließ. Ohne zu zögern, steckt sie es in den Mund. Mit vollen Backen fährt sie fort: »Sie ist ein ziemlich schlaues Mädchen. Sie merkt wohl, dass sie hierbleiben soll.«

Schweigend nicke ich. *Elle*, denke ich und mein Herz weint bei dem Gedanken, sie zurückzulassen.

»Ich werde mich um sie kümmern. Ich hatte selbst mal eine kleine Schwester. Habe sie verloren an die Rabenmutter. So et-

was passiert mir nicht nochmal.« Samira wischt sich den fetttriefenden Mund am Ärmel ab. »Verdammte Hexenbrut!«

»Die Kleine bleibt also hier«, sagt Rolf und ich nicke. »Und du?«

»Ich werde weiterziehen.«

»Mit ihm zusammen?«

Olga lacht über etwas, das der Hexenjäger gesagt hat, drückt sich noch näher an ihn und flüstert etwas in sein Ohr. Ich höre, was sie sagt. Ich will es nicht hören.

»Vielleicht«, antworte ich und weiß, dass auch er jedes Wort versteht, das gesprochen wird. »Es sei denn, ein anderer begleitet mich auf meiner Reise.«

»Wohin soll es denn gehen?«, fragt Klaus interessiert.

»Zum Orakel«, antworte ich ohne zu zögern, und ein Plan beginnt in meinem Kopf zu reifen. Der Hexenjäger alleine hat es geschafft, meine Schwestern zu töten. Keiner sonst ist so gefährlich wie er. Wenn ich mit einem anderen reisen würde, dann könnte ich …?

»Und was willst du von dem Orakel?«, fragt jetzt auch Gerd neugierig.

»Nach dem Ende fragen.«

An dem Ausdruck ihrer Gesichter erkenne ich, dass sie mich nicht verstehen. Wie auch? Sie wissen nichts vom Schicksal der Welt. Und selbst wenn sie es wüssten, würden sie es nicht begreifen.

»Niemand findet das Orakel, es sei denn, es will gefunden werden«, klärt Rolf mich auf.

Ich nicke. So etwas Ähnliches habe ich mir schon gedacht.

Das Orakel, meine Schwester.

Sie kennt die Zukunft. Sie wird mich nur empfangen, wenn ihr selbst keine Gefahr droht.

Ich muss ohne den Hexenjäger reisen. Ohne ihn. Doch ein Blick in seine Richtung und ich begreife, dass er mich niemals gehen lassen wird. Er fixiert mich und ich ihn. In seinen Augen steht Spott, und ein dunkles Versprechen.

Er und ich – unser Weg ist eins.

Olga fuchtelt mit der Hand zwischen uns, ich nutze meine Chance und wende mich ab.

»Was passierte mit dem Rattenbiest?« Ich wechsle so abrupt das Thema, dass Gerd und Klaus verwirrt blinzeln.

Rolf räuspert sich, er zögert einen Moment, bis ihm die volle Aufmerksamkeit zuteilwird, dann beginnt er. »Das Rattenbiest tyrannisierte seit Ewigkeiten die Küstenstädte. Keine Mauer, war sie auch noch so hoch, vermochte dem Eindringen ihrer schwarzen Armeen Stand zu halten. Sie fanden jedes Loch, jede noch so kleine Ritze, raubten alles, was nicht niet- und nagelfest war. Gold und Silber, aber auch die Nahrung, die frischen Fische, das Getreide. Seit Menschengedenken herrscht Hungersnot in den Küstenstädten. Was geerntet wurde, musste sofort verzehrt werden. Was bis zur Nacht blieb, war am nächsten Morgen verschwunden.«

»Wir waren nur eine Nacht in Murano, der größten Küstenstadt«, berichtet Gerd schauernd. »Nie werde ich das Geräusch der unzähligen Rattenfüße vergessen, wie sie alles nur erdenklich davonschleiften, sogar die Wiegen der Kinder.«

»Babys werden in Murano nicht alt. Nur sehr wenige Eltern schafften es, sich jede Nacht den Übergriffen der Ratten zu wehren«, sagt Klaus belegt. »Schrecklich, das verklingende Wimmern der Gestohlenen.«

»Kinder?«, hauche ich entsetzt.

Rolf nickt. »Kinder. Der Hexenjäger brachte sie alle zurück. Nichts ist ihnen geschehen.«

Wie es scheint, sucht jede der Schwestern die Nähe zu Kindern, den Unschuldigen, denen, die nicht verurteilen. Elle, ich blicke zu ihr hinüber. Bin ich wie sie? Habe ich ein Kind geraubt?

»Egal wie viele Ratten die Soldaten erschlugen, hundertfach kehrten sie zurück«, fährt Rolf fort. »So war das Leben in den Küstenstädten, bis der Hexenjäger es schaffte, die Ratten zu bändigen und im Meer zu ertränken. Ohne ihre Armee war das Rattenbiest kein Gegner mehr.«

Ich brauche nicht zu fragen, wie es ihm gelungen ist, ich kenne die Antwort selbst. Ich sehe meine Schwester vor mir, ihren kleinen Freund auf der Schulter sitzend. Sie füttert ihn mit Käse, mit Elfen-Nektar, während sie ihm eine leise Melodie vorsummt.

Und ehe ich begreife, was ich tue, summe ich sie ebenfalls.

Es wird still im Raum. Nur einen Wimpernschlag später bin ich umzingelt von den Hexenjägern. In Ihren Augen sehe ich Furcht und Hass.

Sie haben mich erkannt.

ie Wurzel

»Sei ein braves Kind«, sagt die Feenmutter und lächelt ihren Schützling aus kalten, blauen Augen an. In einer seltsam unnatürlichen Geste streicht sie dem verängstigten Mädchen über das verrußte Haar. Es zittert. Seine Hände sind blau vor Kälte. Es trägt nur einen alten, schmutzigen Kittel. Die Beine sind nackt bis auf die dicke Ascheschicht von der Arbeit im Ofen.

»Du hast die Spindel in den Brunnen fallen lassen, also geh zurück und hole sie.« Der sanfte Ton der Feenmutter duldet keinen Widerspruch. Das verängstigte Kind nickt. Ihm bleibt keine Wahl. Zögernd, so als hoffe es auf ein Wunder, stolpert es durch den dicken Schnee dem vereisten Brunnen zu.

»Sie wird erfrieren«, ruft die älteste der Schwestern.

»So?«, sagt die Feenmutter nur. »Dann solltest du lernen, den Winter zu lenken, mein Kind. Oder ist das etwa nicht deine Aufgabe?«

Das Mädchen verstummt. Sie sieht ihrer Schwester hinterher. Verzweiflung glimmt in ihrem Blick, aber auch etwas anderes.

Es ist Hass.

Furcht nährt die Magie von außen, Hass von innen. Und plötzlich erfüllt das Glimmen ihrer Macht den Turm im Wald und der Schnee weicht gerade so weit zur Seite, dass das kleine Mädchen trockenen Fußes den Schacht erreicht.

»Sehr gut«, sagt die Feenmutter und lächelt kalt. »Und jetzt bist du dran, Gretchen.« Mit einem winzigen Wink ihrer Hand lässt sie das Kind über den Brunnenrand fallen.

Endlos hallt ihr Schrei.

»Rette sie, rette deine wahre Schwester!«

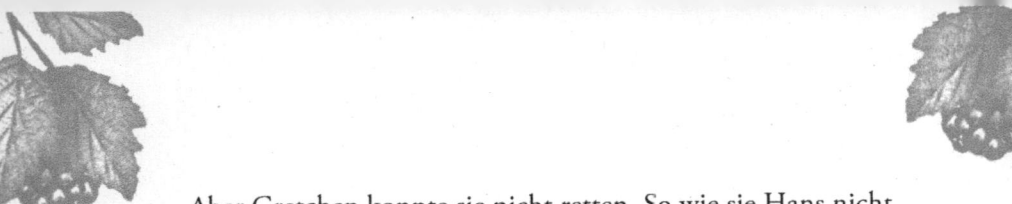

Aber Gretchen konnte sie nicht retten. So wie sie Hans nicht retten konnte.

»Sie war noch nicht so weit«, sage ich und bemerke kaum, wie mein Hexenjäger sich einen Weg durch den Ring aus Waffen bahnt. »Zwölf Tage und zwölf Nächte verbrachte Marie am Grund des Brunnens. Zwölf Tage, in denen die Eishexe niemals schlief, um ihre Schwester zu retten.« Ich schlucke die Tränen hinunter und hebe den Blick. Der Hexenjäger, er steht vor mir, umringt von den anderen. »Zwölf Nächte«, flüstere ich. »Und du hast sie getötet.«

»Ja«, antwortet er nur.

Die anderen Hexenjäger werfen sich unruhig Blicke zu. Die Waffen in ihren Händen beben. Hexe, höre ich ihre Gedanken schreien, sie ist eine Hexe.

»Sie war nicht böse«, fahre ich fort und ignoriere die rasenden Herzen. »Sie liebte die Menschen, vor allem die Kinder.«

»Sie entführte sie«, zischt Olga.

Mein Blick findet den ihren, sie reckt das Kinn empor. Etwas glitzert in ihren goldenen Augen. Etwas, dass ich nicht zuordnen kann. Es ist mehr als der Hass der anderen.

»Nein«, sage ich. »Sie rettete die, welche hinabfielen. Weil sie selbst nicht gerettet wurde.«

Der Hexenjäger sieht mich forschend an. »Wie kam sie aus dem Brunnen?«

»Gretchen, sie hatte sie retten sollen, aber ihre Macht war eine andere gewesen.«

Ich sehe meine jüngste Schwester vor mir, weinend am Brunnenrand.

»Du schaffst das, Gretchen«, wispert die Eishexe. Sie ist ungewöhnlich blass, Schweißperlen stehen auf ihrer Stirn. »Konzentriere dich!«

Aber alles, was zwischen Gretchens Händen entsteht, ist das matte Gesicht ihres verstorbenen Bruders.

»Hans«, *flüstert sie und das Gesicht verblasst.* »Ich kann nicht. Ich kann das nicht!«

»Am Morgen des dreizehnten Tages, kurz bevor die Sonne den Horizont berührte, rettete eine andere sie«, fahre ich fort und bewundere noch heute den Mut Evas, sich dem Willen der Feenmutter zu widersetzen. »Marie war so lange dort unten, dass sie den Himmel über sich nicht mehr ertrug. Das Licht der Sonne, der Wind – alles war ihr fremd.«

»Es ist also wahr – sie ist eine der Dreizehn«, knurrt Viktor. In seinem Blick spiegelt sich Verachtung. Begreift er, dass er eine Hexe zu küssen versuchte? Ekelt er sich?

»Ja«, sage ich und lache leise. »Ich bin die Dreizehnte Fee. Ich bin die Königin.«

»Es gibt sie wirklich«, flüstert Klaus und bekreuzigt sich.

»Und du hast sie zu uns geführt! Wusstest du davon?« Viktor knirscht mit den Zähnen.

»Natürlich«, sagt der Hexenjäger kalt. »Ich habe sie erweckt.«

»Du?«, flüstere ich und die Welt um uns herum steht still.

»Ich war dabei«, verbessert er sich. »Es spielt keine Rolle, was geschah. Wichtig ist nur eines: Sie kann die acht verbliebenen Hexen töten!«

Ich betrachte den Mann, der mein Herz in den Händen hält und es nicht eines Blickes würdigt. Ich bin ihm nicht gut genug. Nein, ich bin nur ein Mittel zum Zweck.

Schmerz, so heiß wie glühender Stahl. Ein raues Stöhnen vom Grunde meiner Seele bahnt sich seinen Weg an die Oberfläche. Ich schreie, ich lasse es hinaus.

Die Hexenjäger, sie weichen. Rolf rutscht polternd von der Bank, Olga verliert ihr Schwert, Viktor stolpert über die Zwillin-

ge. Nur die drei dunklen Brüder vom Kartentisch greifen mich an. Zwei von ihnen werden vom Hexenjäger abgefangen. Der Dritte jedoch schleudert mich gegen die Wand und presst mir den Dolch gegen die Kehle. Ich schmecke das kupferne Aroma meines Blutes, spüre das heiße Nass meine Brust hinabtröpfeln. Elle beginnt zu weinen.

»Nicht!«, brüllt der Hexenjäger und kämpft gegen die Brüder, schlägt sie zu Boden. Viktor fasst sich, er springt ihn von hinten an, Klaus und Gerd helfen. »Verdammt, ihr wisst nicht, was ihr tut!«

»O doch. Ich wusste gleich, dass sie es ist. Ich sah es in ihrem Blick«, zischt der Mann, der mich gefangen hält. Es ist derselbe, der mich am Tisch musterte. »Und jetzt tue ich das, wozu du zu schwach bist.«

Aber er tut es nicht. Er sieht in meine eisblauen Augen und kann nicht zustechen. Sein Arm beginnt zu zittern.

»Verdammt, worauf wartest du?«, brüllt Viktor. »Schneid dem Biest die Kehle durch!«

Er sammelt seine ganze Kraft. Die Muskeln spannen sich, doch der Dolch an meiner Kehle bewegt sich nicht. Leise beginne ich zu lachen, nicht fröhlich, nein, Tränen stehen in meinen Augen, eine rollt über meine Wange hinab. Sie tropft auf die Finger des Kartenspielers. Er stößt sich ab, den Blick voller Furcht.

»Was für ein Zauber ist das?«, keucht er und streicht hastig die Träne ab.

Kein Zauber, möchte ich sagen, nur das Gesetz der Magie. In den dunklen Jahren scheint ein Teil des Gesetzes verloren gegangen zu sein. Wissen sie denn nicht, dass sie eine Fee nicht töten können, wenn sie ihr in die Augen sehen?

Ich blicke von dem Kartenspieler zum Hexenjäger. Meinem Hexenjäger. Zu fünft versuchen sie, ihn zu bändigen. Er erwischt

Klaus mit einem gewaltigen Kinnhaken. Viktor taumelt nach hinten.

»Schluss jetzt!«, faucht der Anführer der Hexenjäger. Schwer atmend hält er sich am Tisch. »Du hast sie hergebracht, dann erledige sie auch. Und zwar jetzt!«

Der Hexenjäger schüttelt die übrigen ab. »Nein.«

»Nein?«, fragt Viktor mit hochgezogenen Brauen und reißt eine Axt von der Wand. Ich höre Elle wimmern.

»Samira«, flüstere ich, »halt ihr die Augen zu.«

Dann schließe ich selbst die Augen. Und stelle mir vor, wie alles hätte sein können. Wie es hätte sein sollen.

Ich öffne die Augen, ich liege im Turm. Lächelnd beugt sich ein Prinz über mich, sein Mund dem meinen so nah. Die seidenen Laken, sie schmeicheln meiner Haut. Die Vorhänge rascheln im lauen Wind. Der Prinz küsst meine Hand, er hilft mir hoch. Ich trage das Kleid der Königin, die ich noch immer bin. Ich sehe mich selbst im glänzenden Spiegel, erhaben und mächtig, nur das sanfte Schimmern in meinen Augen ist neu, das Lächeln auf meinen Lippen. Der wahre Kuss der Liebe hat mich erlöst, er hat mir das letzte Puzzlestück zu meinem perfekten Leben gegeben. Unten vor dem Turm warten meine Schwestern. Sie begrüßen mich, gratulieren mir. Wir küssen einander und das Leben geht weiter wie zuvor, nur mit einem Prinzen an meiner Seite, mit der Liebe im Herzen.

Aber ich weiß, dass es nicht so einfach ist. Niemals so sein konnte. Die Liebe gehorcht keiner höheren Macht. Nicht einmal der meinen.

»Sie hat keine Magie mehr, sie ist keine Bedrohung!«, höre ich den Hexenjäger rufen. Er versucht, mich aus einem einzigen Grund zu retten: Ich bin seine Waffe. Jedes seiner Worte brennt

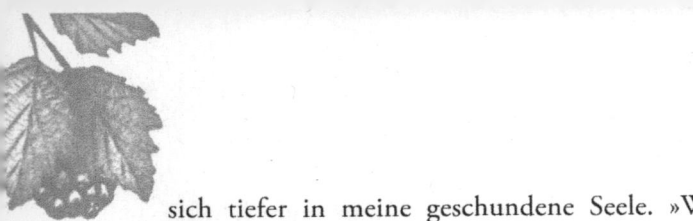

sich tiefer in meine geschundene Seele. »Wir werden jagen. Zusammen vernichten wir die letzten Hexen. Und dann, aber erst dann, werde ich sie töten.«

»Sie hat keine Magie?«, fragt Rolf. Seine Stimme klingt dumpf, so als säße er unter dem Tisch. »Wie hat sie dann die Giftmischerin und die Kinderfresserin besiegt?«

Ich erwarte den Schlag der Axt, aber nichts geschieht. Niemand im Raum bewegt sich. Ich halte die Augen fest geschlossen. Wenn es hier und jetzt zu Ende sein soll, dann werde ich mich nicht wehren. Ich werde nicht kämpfen. Wofür auch? Für ein Kind, das ich nicht schützen kann? Für eine Liebe, die nicht erwidert wird? Für die Rache an meinen Schwestern?

Tötet mich, möchte ich rufen, nehmt mir diese seltsamen Schmerzen, die Zweifel, die Müdigkeit.

»Sie stiehlt ihnen die Magie«, antwortet der Hexenjäger. »Sie verwendet ihre eigene Macht gegen sie. Vertrau mir. Habe ich nicht die anderen vier getötet? Viktor, du willst König werden, lass mich die Hexen vernichten oder tue es selbst.«

Ich höre Elles fliegende Schritte auf den Holzdielen.

»Nicht, Elle!«, ruft Samira, doch da ist sie schon bei mir, schlingt ihre kleinen, zitternden Arme um meine Beine.

»Elle«, flüstere ich sanft und hebe sie hoch. »Kleine, wundervolle Elle.«

Sie schlingt ihre Arme eng um meinen Hals, die Augen fest zusammengepresst. Ihr kleines Herz pocht so laut.

»Hexenjäger«, flüstere ich und er sieht mich an.

»Ihr wird nichts passieren«, verspricht er und wendet sich an Viktor. »Schützt das Kind und lasst uns ziehen.«

»Sie ist eine Hexe«, zischt Olga. »Sie ist eine der Dreizehn!«

Viktors Axt schwankt, dann kracht sie zu Boden. »Du verschwindest mit ihr. Sofort.«

Der Hexenjäger greift nach seinem Mantel und der Armbrust.

»Was?«, ruft Olga und will ihn aufhalten, doch Viktor packt sie grob am Arm.

Dann ist der Hexenjäger bei mir, er zerrt Elle aus meinen Armen.

»Elle«, flüstere ich und es klingt wie ein Versprechen. *Sie werden dir nichts tun, du wirst es gut haben. Besser als bei mir.*

Sie klammert, sie schluchzt und ich leide mit ihr. Dann nimmt Samira sie entgegen. Elle windet sich, sie schreit, ruft nach mir.

»Los.« Der Hexenjäger drückt mir meinen Wolfspelzmantel in die Hand und drängt mich zur Tür. Über seine Schulter sehe ich, wie Samira Elle fest an sich drückt.

»Pass auf sie auf!«, rufe ich. »Pass gut auf sie auf!« Dann bricht meine Stimme. Der Hexenjäger schiebt mich vorwärts, raus aus dem warmen Haus, fort von Elle und den Wänden voller Waffen.

Während wir fliehen, werde ich verfolgt von dem Weinen eines Kindes, das am Grunde des Brunnens sitzt.

»Marie«, hauche ich und weine um die Schwestern, die verloren sind und jene, die ihnen folgen werden.

Scheidepunkt

Bisweilen frage ich mich, wann wir Feenkinder zu Hexen wurden. Wie konnte dieses wunderbare Werk der Schöpfung sich so schrecklich verselbstständigen? Wir wurden als Menschen geboren. Wir sind es nicht mehr – nicht sterblich. Und doch beginnen wir zu welken, unsere Leben verblühen. Eines nach dem anderen – und die Rose entblättert sich, bis nichts mehr bleibt als ihr dorniger Stil und die Narben der Opfer.

Ich streife den Ärmel hoch, blicke auf das schwarze Mal an meinem Arm. Mit Blut geschworen haben die Hexenjäger. Mit Blut geschworen haben auch wir: uns niemals zu verraten. Doch der Eid ist gebrochen. Niemals kann der Hexenjäger alleine erfahren haben, wie wir zu besiegen sind. Jemand hat uns verraten. Eine von uns.

Das Lied des Rattenbiests, es summt in meinem Kopf. Ich presse die Lippen zusammen, um es nicht hinauszulassen. Nie wieder wird es aus ihrem Mund erklingen, in ihrer Stimme lieblich und rein. Sie mag ein Monster gewesen sein, aber sie war auch meine Schwester. Sie war wie ich. Einsam und alleine.

»Wer?«, frage ich den Hexenjäger, der neben mir über die nächtlichen Wiesen wandert. »Wer hat uns verraten?«

»Uns?« Er hebt die Augenbrauen.

»Wir waren Schwestern.«

»Ihr seid nichts als ein Haufen kranker Geschöpfe«, sagt er kalt. »Irgendetwas ist bei euch gewaltig schiefgelaufen. Sieh dir deine Schwestern an! Die Kinderfresserin, die Brunnenhexe, das Rattenbiest. Sie stehlen die menschlichen Kinder. Sie greifen uns da an, wo wir am verletzlichsten sind.« Er zeigt vage zurück in

die Richtung, aus der wir gekommen sind. »Wie fühlt es sich an, auf der anderen Seite zu stehen? Wenn einem das Kind genommen wird?«

»Sie waren nicht so«, rufe ich aus.

»Nicht?« Fragend sieht er mich an, die Augen dunkel vor Verachtung. »Mir brauchst du nichts vorzumachen. Ich war dort. Ich habe die Kinder gesehen. Das Rattenbiest hielt sie in Käfigen. Die Großen mussten sich um die Kleinen kümmern, bis sie zu alt waren und aussortiert wurden.«

»Aussortiert?« Ich schüttele den Kopf. »Siehst du denn nicht die Wahrheit? Sie suchten Nähe. Sie suchten Geborgenheit.«

»Sie entführten Kinder.«

»Hast du dich jemals gefragt, warum?«, fahre ich ihn an. In meiner Stimme klingt eine Spur Verzweiflung mit. »Weil die Erwachsenen ihnen nie eine Chance gaben. Niemals könnt ihr vergangene Schuld vergessen. Ihr könnt nicht vergeben.«

»Und das aus deinem Mund.«

Ich erstarre. Der Hexenjäger läuft noch zwei Schritte, dreht sich dann um und sieht mich an. »Die Hexen entführen unsere Kinder und du beschwerst dich, dass wir nicht freundlich zu euch sind.«

»Wir? Euch?«

»Sie entführen Kinder«, wiederholt er nur. »Vergib mir, wenn ich dafür keine Gnade kenne.«

»Aber ...«

»Nein«, unterbricht er mich scharf. »Sie waren eingepfercht in Käfigen. Deine Schwester saß auf einem Thron zwischen Kinderkäfigen!«

»Wer hat dir ihre Melodie verraten?«, frage ich und verweigere das Bild, das er mir von dem Rattenbiest zeichnet.

»Spielt das eine Rolle?«

Ich nicke stumm.

Er seufzt und blickt zum sternenklaren Himmel. »Du glaubst an das Schicksal, nicht wahr?«

So einfach ist es also. So einfach, dass ich von selbst hätte darauf kommen können. Niemand sonst wäre dazu in der Lage gewesen. Ich blicke auf das Zeichen an meinem Arm. Wir schworen mit Blut. Der Fluch des Verrats wird schon bald seinen Tribut fordern. Sie wird ihre Macht verlieren und damit vergeht meine einzige Chance, das Ende zu erfahren.

»Die Brunnenhexe?«

Er braucht einen Moment, ehe er antwortet. »Sie war anders.«

Erleichtert schließe ich die Augen. »Sie war eine der Guten?«

Er schweigt und sein Schweigen ist mir Antwort genug. Sie war eine der Guten.

»Die Prinzessin ...?«

»Bekam, was sie verdiente«, sagt er heftig. Überrascht blicke ich ihn an.

»Was?«, fragt er. »Meinst du, ich erkenne die schwarzen Schafe unter uns Menschen nicht?«

»Warum hast du das den Leuten nicht gesagt?«, frage ich.

Er kommt näher. Sein Blick ist unendlich sanft. »Was hätte ich sagen sollen? Dass manche Hexen nicht die Monster sind, für die wir sie halten? Die Menschen brauchen einen Feind, einen Sündenbock. Die Brunnenhexe war eine der Guten oder sagen wir besser – eine der weniger Bösen. Aber die anderen sind es nicht. Wer also würde es glauben?«

Ich schlucke schwer. Ich weiß, dass er recht hat. Dennoch: »Die Hexenjäger, zumindest ihnen hättest du ...«

»Nein«, unterbricht er mich. »Sie hätten es nicht verstanden. Ihre Welt ist schwarz und weiß. Es gibt die Guten und die Bösen.«

»Und die Bösen sind die Feen.«

»Nicht zu Unrecht«, sagt er ruhig. »Zu lange haben wir unter ihrer Willkür gelitten.«

Ich nicke stumm. Manchmal – ja manchmal frage ich mich, wie die Welt aussehen würde, wenn ich nicht der Sehnsucht nach Liebe nachgegeben hätte. Ich sehe den Hexenjäger an. Wäre er mir begegnet? Hätte ich die Liebe gefunden?

Wir wurden verraten. Und doch sind wir nichts als Schachfiguren und das Spielfeld ist die Welt. Ich öffne meine Finger und rufe meine Magie. Der Hexenjäger, er zuckt nicht einmal mit der Wimper.

»Sie ist verloren und ich weiß nicht, warum.«

»Willst du sie wiederhaben?«, fragt er leise.

Ich beiße mir auf die Lippen, um den Aufschrei der Königin zu unterdrücken. *Ja*, brüllt sie in mir.

»Nein«, antworte ich.

Er legt seine Hand an meinen Hals. Seine Finger sind warm. Obwohl der Wunsch, mich an ihn zu schmiegen, übermächtig ist, löse ich mich von seiner Berührung. Er runzelt die Brauen. Am Himmel fliegen drei dunkle Schatten vorbei. Krähenschreie krächzen durch die Nacht. Unglücksboten sind sie und ich frage mich kurz, welches Schicksal sie ankündigen, welche unheilvolle Nachricht sie mit sich tragen.

»Ist sie deine Frau?«

»Nein.«

»Liebst du sie?«

Er schüttelt sachte den Kopf. »Nein.«

»Wer ist sie dann?«, frage ich, obwohl ich die Antwort fürchte.

»Ich rettete sie einst aus den Fängen einer Hexe.«

Ich schlucke schwer.

Überall sorgen sie für Schrecken, meine Schwestern. Überall haben sie ihre Finger im Spiel.

»Wer war es?«

»Das ist eine andere Geschichte.« Sein Blick ist dunkel. Ich sehe die Zweifel in ihm. Und das Verlangen.

»Empfindest du etwas für mich?«

»Du bist eine Hexe«, murmelt er.

»Ich bin eine Fee.«

»Was ändert das schon?«, erneut streckt er die Hand nach mir aus, zögert, lässt sie sinken. »Du bist nicht wie sie und doch bist du genau so wie sie.«

»Ich war die Schlimmste von allen.« Eine Träne löst sich, rollt hinab. Er streicht sie fort.

»Und dennoch …«, murmelt er und beugt sich vor.

Sein Kuss ist sanft. So sanft. Und ich frage mich, ob es nicht doch eine Chance für uns geben kann. Eine Zukunft, wenn am Ende nur noch ich da bin und keine Macht, wenn ich die letzte Fee bin, die doch keine Fee mehr ist …

Dann so leise, dass ich meine, mich zu täuschen, höre ich die Schreie und das entfernte Rauschen des Flusses.

Der Hexenjäger fährt herum. Er fixiert den Horizont. Auch er kann es hören, obwohl es kaum mehr als eine leise Spur im Wind ist.

»Was ist das?«, flüstere ich.

»Wir müssen zurück«, ruft er und sprintet los. Ich folge ihm durch das hohe Gras, ich folge den entsetzten Schreien. Eine kleine Stimme, sie ruft nach mir …

Elle, ich höre Elle!

Während wir durch die Nacht rennen, wächst die Angst in meinem Herzen. Mit jedem Schritt drängt sie weiter an die Oberfläche. »Elle«, keuche ich ihren Namen. Nur nicht Elle!

Auf halber Strecke galoppiert uns ein Pferd entgegen. Es bäumt sich auf, Schaum vor den Lefzen. Der Reiter fällt ins Gras und bleibt reglos liegen. Das Pferd tänzelt unruhig, bleibt dann neben der verlorenen Gestalt stehen.

»Es ist Gerd!« Der Hexenjäger ist mit zwei Schritten bei ihm. Er hebt den Kopf, ruft seinen Namen und endlich, endlich öffnet Gerd die matten Augen.

»Sie hat uns angegriffen«, flüstert er.

»Wer? Gerd! Wer hat euch angegriffen?«, fordert der Hexenjäger gepresst.

»Die Meerhexe«, murmelt Gerd kraftlos und beginnt zu weinen. »Klaus ... er war direkt hinter mir. Er ...«

»Die Meerhexe?«, rufe ich entsetzt und blicke in die Richtung, aus der das Rauschen des Flusses allmählich verebbt. Der Angriff endet. Was immer geschah, es ist vorbei.

»Was ist mit den anderen?«, fragt der Hexenjäger.

Gerd schluchzt. »Ich weiß es nicht. Es ging so schnell. Überall waren Nixen. Sie griffen uns an.«

Nixen.

Ich schließe die Augen und plötzlich ergibt alles einen Sinn. Die Nixen am Weiher ... sie wissen von Elle. Sie wissen von meinem wunden Punkt.

»Elle«, flüstere ich, und ehe der Hexenjäger mich hindern kann, schwinge ich mich auf das erschöpfte Tier.

»Warte«, ruft er mir hinterher, doch ich presche davon, durch die sich neigende Nacht. Vielleicht ist es noch nicht zu spät. Vielleicht kann ich sie noch retten.

Das Pferd trägt mich schnell, sein Fell ist schweißgetränkt. Ich spüre sein kräftiges Herz schlagen. In meinem Kopf kreist alles um Elle, ihr kleines Gesicht, ihre strahlenden Augen.

Alle und Alles, nur nicht Elle!

Sie wird sich versteckt haben. Sie wird auf Samiras Bett sitzen und auf mich warten. Ich werde die Arme um sie schließen, werde sie wiegen, ihr versprechen, sie nie wieder alleine zu lassen. Wir werden uns verbergen, irgendwo abseits der Welt, sodass meine Schwestern uns nicht finden können. Elle wird wachsen, Elle wird tanzen und singen und lachen. Sie wird mich lieben und ich sie. Und eines Tages werden meine Schwestern begreifen, dass ich keine Gefahr mehr darstelle, dass ich ihnen alles verzeihen kann, solange ich Elle habe.

Ich erreiche den Hügel, als der Himmel erwacht. Die Sonne zieht den nächtlichen Schleier von der Stätte des Grauens. Von dem einst friedlichen Hof ist nichts geblieben. Der Fluss hat die Senke geflutet. Die gebrochenen Flügel der Mühle ragen entkräftet aus dem Wasser. Der Hof ist verschwunden in den Tiefen, verschluckt und zerstört. Nichts ist geblieben, nichts wurde verschont. Zwei Kühe treiben leblos auf der Oberfläche, stoßen aneinander, verkeilen und lösen sich. Die Krähen sitzen auf ihnen, picken nach den Augen.

»Elle.« Ich springe vom Pferd, stürze den Hang hinab. »Elle!«, brülle ich. Dann erreiche ich den Rand des neu entstandenen, grauen Sees.

»Elle!« Mein Ruf hallt wie ein Echo über das stille, salzige Wasser … zu still.

Etwas Kleines treibt auf mich zu. Etwas Graues, mit dem Gesicht nach unten. »O Gott«, wimmere ich und ziehe die triefende Puppe aus dem See. Ich presse sie an mein Herz. Sie riecht nach ihr. Ich habe sie verloren. Ich bin zu spät.

Und ich beginne zu weinen.

Die Puppe, ihr Gesicht verläuft, als würde auch sie um ihre Freundin trauern.

Elle.

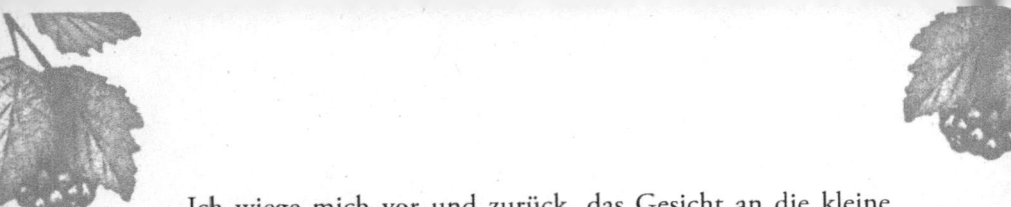

Ich wiege mich vor und zurück, das Gesicht an die kleine Puppe gedrückt, so wie Elle es immer tat.

Elle.

Sie haben sie mir genommen. Meine Chance auf Glück. Meine Chance auf Liebe. Ihre Chance auf Gnade.

Vor mir teilt sich das Wasser, Dutzende Nixen brechen durch die Oberfläche. Sie starren mich an mit ihren schimmernden, kalten Augen. Hinter ihnen erhebt sich meine Schwester. In einer Muschel sitzend starrt die Meerhexe auf mich nieder, die blauen Augen so klar wie der Himmel nach einem Sommerregen. Ihre Haut schimmert wie Milliarden aneinandergereihte Perlen. Sie fixiert mich, das lange, schwarze Haar umfließt sie. Auf ihrer Hand sitzt die dritte Krähe.

Und ich fühle nichts als Zorn.

»Sieh an, sieh an«, begrüßt sie mich mit ihrer fließenden Stimme. »Ich hörte, du seist von den Toten auferstanden. Ich hörte, du hättest die Liebe gefunden.«

Ihre Augen sind kalt und stolz.

»Du«, zische ich und erhebe mich. Ich neige den Kopf und starre sie an. »Du hast mir etwas genommen, das mir gehörte.« Ich balle die Hände zu Fäusten. Die Magie der Meerhexe gehorcht meinem Ruf – sie ist so willig mir zu dienen, so willig die Meerhexe zu zerstören.

»Was hast du erwartet, Schwester, dass ich tatenlos zusehe, wie du eine nach der anderen vernichtest?«, fragt die Meerhexe und erhebt sich ebenfalls. »Ich wollte nicht glauben, dass du die Giftmischerin mit ihrer eigenen Macht geschlagen hast.« Sie hebt die Hände, so als wolle sie dem Meer etwas befehlen – doch nichts passiert. »Es ist also wahr. Du stiehlst unsere Macht. Nun denn, ich habe Vorsorge getroffen.« Sie lächelt mich herablassend an. »Du magst meine Magie befehligen, aber nicht meine

Armee. Ein schlagendes Herz widersetzt sich selbst dem stärksten Zauber.«

»Es war ein Fehler von dir, mich herauszufordern«

»Nein – es war ein Fehler, dich nicht zu töten, als wir die Chance dazu hatten«, berichtigt sie.

»Ein gewaltiger Fehler.« Ich werde sie vernichten! Ich werde mich rächen! Für Elle …

Die Meerhexe nickt. Sie ist sich ihres Sieges sicher. Sie bemerkt nicht meinen lodernden Hass. Elle – sie nahm mir Elle! Ich hätte ihr alles verziehen … aber nicht das.

»Als wir dich im Spiegel sahen – als wir erfuhren, dass du erwacht warst – wir empfanden fast etwas … Angst.« Sie lacht leise auf. »Doch du warst schwach. Und nur knapp konntest du dem Fluch der Eishexe entkommen. So knapp.« Sie zeigt eine winzige Spanne mit ihren Fingern und lächelt kalt. »Und als die Nixen mir von deiner Schwäche berichteten, wusste ich, dass der Zeitpunkt gekommen ist, dir entgegenzutreten. Sag mir, Schwester, was für ein Gefühl es ist, schwach und ohne Magie zu sein?«

»Sag du es mir, Schwester«, entgegne ich und hebe die glühenden Hände.

»Ein dummer Fehler. Wer hätte ahnen können, dass du in der Lage sein würdest, uns die Magie zu stehlen?«, fragt sie sinnend. »Da nahmen wir dir die Macht und du nimmst sie uns nun. Wenn das nicht Schicksal ist.«

»Ihr habt sie genommen?«, horche ich auf.

»Seltsam.« Die Meerhexe legt den Kopf schief und mustert mich eingehend. »Es scheint, mit deiner Macht verschwand auch dein Verstand. Glaubtest du allen Ernstes, deine Magie habe sich verflüchtigt? Einfach so?«

»Sprich weiter, Schwester, sprich weiter«, flüstere ich leise. »Schüre meinen Zorn.«

Sie lacht. »Ein letztes Gespräch unter Königinnen.« Sie zeigt auf ihre Nixen. »Ich verstehe jetzt den Reiz. Ich verstehe, warum du nicht teilen wolltest.«

»Warum habt ihr mich betrogen?« Da ist er, der alte Wunsch nach Rache. Vermischt mit der Trauer um Elle. In mir ist nichts als Kälte. Nichts als Schmerz.

»Oh, das war nicht mein Plan«, sagt die Meerhexe. »Ich habe lange gezweifelt, ob wir dich wirklich so weit kriegen würden. Aber du hast jeden Schritt befolgt – genau, wie das Orakel weissagte. Die Karten, du hast sie nicht einmal hinterfragt. Zwölf Feen, der Turm und die schlafende Prinzessin – ich bitte dich! Offensichtlicher ging es kaum.« Sie schüttelt bedauernd den Kopf. »Du warst so blind vor Sehnsucht.«

Mit jedem Wort sticht sie tiefer in meine Seele. Sie haben mich betrogen – sie haben alles geplant. Die Königin in mir erwacht. Sie drängt sich an die Oberfläche, sie übernimmt die Kontrolle. Sie sieht durch meine Augen, bewegt meine Hände. Ihr Schrei ist mein Schrei. Sie ist ich. Wir sind eins.

»Es wird Zeit für deine Strafe«, fauche ich und die Macht der Meerhexe in meinen Adern lässt das Wasser kochen. Ich kenne keine Gnade.

»Ergreift sie!«, befiehlt die Meerhexe und die Nixen strömen mir entgegen. Nixen.

»Aus Schaum geboren, zu Schaum sollen sie werden«, brülle ich. Ohne mit der Wimper zu zucken, bringe ich den dunkelsten Fluch des Meeres über die Nixen. Ihre geschmeidigen, grünen Körper beginnen sich aufzulösen. Sie schreien, sie stöhnen, bis nichts als tanzender Schaum auf den sanften Wogen bleibt.

»Nein!«, kreischt meine Schwester.

Sehe ich Tränen in ihren Augen?

Sehe ich Schmerz?

Ihr Blick findet meinen und sie begreift ihren Fehler. Ich kann die Nixen nicht befehligen, aber ich kann sie töten. Ich werde sie töten.

»Du hättest mir Elle nicht nehmen sollen«, rufe ich und bringe den See zum Dampfen. Heiß wird es und heiß soll es werden.

Die Meerhexe hebt den Arm – sie befiehlt den zweiten Angriff. Sirenen tauchen aus der schwelenden Oberfläche, ihr Gesang so betörend, dass manch einer alles vergaß. Sie heben die Stimmen und singen von Leid und Vergessen, vom Kommen und Vergehen. Und fast ertrinke ich in ihrem Lied, fast ertrinke ich in meinem Kummer.

»Elle«, weine ich und will nichts, als ihr folgen. Doch die Königin befiehlt die Macht, befiehlt dem Meer zu schweigen und die Sirenen folgen ihren Schwestern, den Nixen. Meerjungfrauen strömen aus dem Fluss in das kleine Tal, höher und höher steigt der Schaum. Und die Meerhexe, Herrscherin über die Meerwesen, kann nichts weiter tun, als hilflos zuzusehen. Sie zerbricht.

»Halte ein«, schluchzt sie und sinkt nieder, die Hände, wie zum Gebet erhoben. Ihr Gesicht eine einzige, unendlich qualvolle Maske. Kein Hochmut, keine Arroganz ist geblieben. Sie sieht mich an und erkennt, dass sie mich niemals besiegen kann, niemals konnte. Sie erkennt, dass ihre Zeit gekommen ist. »Keine weitere Meerjungfrau soll geopfert werden, keine in diesem sinnlosen Kampf zugrunde gehen. Es geht nur um mich und dich!«

»Du erwartest Gnade, die du mir nicht gewährtest.«

»Schwester«, flüstert sie verzweifelt, »lass nicht mein Volk büßen für meine Fehler.«

»Dein Volk. Das ist nicht dein Volk. Es war meines.« Und mit aller Macht schleudere ich den verhängnisvollsten Fluch der Meere durch den Fluss, er wird ihn mit sich tragen, er wird ihn in den Ozean bringen und dort … dort wird er sie vernichten.

»Alle, die es jemals wagen, an die Oberfläche zu kommen, werden zu Schaum zerfallen! Das ist mein Geschenk an dich, Schwester«, beschwöre ich. »Das ist meine Rache.«

Meine Schwester schluchzt. »Lilith.« Sie hat meinen Namen nicht vergessen.

»Du hast geglaubt, mich vernichten zu können, indem du mir das Liebste nahmst.« Kalt sehe ich auf sie herab. »Spüre meinen Schmerz, Schwester, spüre meinen Schmerz.«

Zerbrochen thront sie in ihrer Muschel, den Blick voller Tränen. Sie streckt die Hand nach mir aus, doch ich drehe mich um. Hoch oben am Hügelkamm steht der Hexenjäger und blickt auf mich nieder. Wortlos gehe ich ihm entgegen, Elles Puppe fest im Arm.

»Mach mit ihr, was du willst«, sage ich nur.

Er mustert mich kurz, wendet sich dann ab und zieht sein Schwert. Der Hexenjäger schreitet den Hügel hinab, um sich das fünfte Zeichen zu holen. Ich drehe mich nicht um. Die Schluchzer der Meerhexe verfolgen mich, sie ruft meinen Namen. Doch mein Herz ist gefroren.

Dann stirbt die Magie in meinem Blut und ich weiß, dass es vorbei ist. Zögernd drehe ich den Kopf. Inmitten eines Sees aus Schaum treibt die Muschel wie eine verlassene Insel. Das Grab meiner Schwester. Der Hexenjäger steht bis zur Hüfte in den Resten der Nixen. In seiner Hand hält er die nächste Trophäe.

Und der Schmerz überrollt mich wie eine heiße Woge, reißt mich in einen endlosen Strudel. Ich ertrinke in meiner Schuld.

Ich ertrinke.

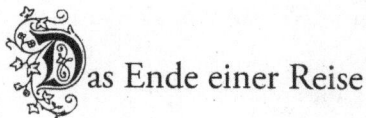as Ende einer Reise

Wir wandern zwei Nächte und einen Tag ohne zu rasten. Seine Energie scheint endlos, meine nicht. Und während ich mich abmühe, mit ihm Schritt zu halten, kreisen meine Gedanken unaufhaltsam und finden doch keine Antwort. Alles folgte einem Sinn – dem Sinn, mich zu verbannen.

Doch ich bin zurück. Ein Fehler im Plan? Oder der nächste Zug auf dem Spielfeld? Und einmal mehr frage ich mich, welche Rolle mir zugedacht ist. Ich jage meine Schwestern und mein Weg führt mich zu ihnen, eine nach der anderen, als gäbe es keinen anderen Pfad, als wäre es bestimmt. Ihre Rollen enden, während meine ungewiss bleibt.

Als der Morgen zum zweiten Mal graut, hält er endlich ein.

»Sind wir da?« Ich lehne mich an den Stamm einer alten Linde, die hoch oben auf einem steilen Hügel thront. Unter ihr findet die Nacht ein letztes Versteck vor dem matten Morgengrauen. Ihre Blätter rascheln schlaftrunken, ihre Wurzeln strecken sich tief in das kalte Erdreich. Ich sinke am rauen Stamm nieder. Meine Beine sind schwer. Das Gras ist feucht vom Tau.

»Hättest du sie verschont?«, fragt er ohne mich anzusehen. Seine Silhouette zeichnet sich scharf vor dem aufhellenden Himmel ab.

»Wen?«, frage ich rau.

»Die Giftmischerin«, antwortet er leise. Irgendetwas an seiner Stimme ist anders, fremd.

»Sie hätte mich nicht verschont«, sage ich nur.

»Du wusstest, dass sie dich angreifen würde. Du konntest es nur nicht als Erstes tun.« Endlich dreht er sich um und sieht

mich so seltsam an. »Wie fühlt es sich an: das schlechte Gewissen?«

»Ich wollte das alles nicht.«

Sein Blick ist forschend. Er sucht nach etwas, ich weiß nicht nach was. »Die Meerhexe ...«

»Sie hat mir Elle genommen«, zische ich und spüre den Schmerz. Ich schließe die Augen und reibe mir die Schläfe. »Ich will nicht über sie sprechen.«

»Bei ihr warst du wenigstens ehrlich«, fährt er fort, ohne auf meinen Einwand zu achten. »Du hast ihr keine Hoffnungen gemacht. Du warst einfach das Monster, das du bist.«

»Ich habe sie nicht getötet«, flüstere ich.

»Was macht das für einen Unterschied? Sie ist tot. Das Volk der Meerjungfrauen ausgerottet.« Er schüttelt den Kopf. »Du hast ihr mehr genommen als das Leben. Du hast sie zerstört.«

»Das ist doch, was du willst, oder?« Meine Stimme ist rau. »Wir jagen, wir töten.«

Er nickt und legt seine Armbrust ab. Etwas Endgültiges liegt in seiner Geste und ich ahne die schreckliche Wahrheit.

»Was tust du? Warum sind wir hier?« Angst schnürt mir die Kehle zu und ich springe auf. »Es gibt keine Feen hier ...«

Nur mich.

Und ich begreife, dass wir am Ende unserer Reise sind. Am Ende unserer gemeinsamen Jagd.

»Hast du dich je gefragt, warum ich in dem Turm war?«, fragt er leise.

Der Turm. Dort, wo alles begann. Heim der Feenmutter, Zuflucht der Feenkinder. Mein Grab. Ort meiner Auferstehung. »Schicksal«, flüstere ich.

Er lacht, doch es klingt erstickt. »Schicksal war es. Doch anders, als du glaubst.« Er wendet den Blick ab, so als ertrüge er es

nicht, mir die Wahrheit ins Gesicht zu sagen. »Es gab eine Prophezeiung. In dem verborgenen Turm im Wald solle eine Waffe zu finden sein. Eine Waffe, sie alle zu vernichten und der Herrschaft der Hexen ein Ende zu setzen.«

Mir wird kalt ums Herz. Eiskalt.

»Ich erfuhr von dem Turm. Er war gesichtet worden, kurz nachdem das Rattenbiest starb. Seine Spitze ragte über die Wipfel hinaus, so als hätte er schon immer dort gestanden. Als Wächter über die Welt.« Er sieht mich an und sein Blick ist verschlossen. Er lässt mich nicht hinein. Nicht mehr.

»Dutzende Reiter wurden ausgesandt, den Turm zu erklimmen und sein Geheimnis zu lüften. Doch sie konnten die Hecke nicht bezwingen. Viele kehrten nie zurück.«

Die weiß schimmernden Totenschädel inmitten der Brombeerranken. Die Hecke. Der tödlichste aller Abwehrzauber. Ich schlucke.

»Ich selbst war dort. Mehrfach. Ich sah, wie Waghalsige sich in die Dornen stürzten, sich verfingen und verschlungen wurden. Die Hecke fraß ihnen die Haut von den Knochen.« Er hält inne, seine Hand ballt sich zur Faust.

»Wie hast du einen Weg hindurchgefunden?«

Er blickt mich lange an, ringt mit sich.

Und in diesem schrecklichen Moment erkenne ich die Wahrheit, bevor er sie mir offenbart.

»Das Orakel.«

Wer außer ihr hätte diese Entscheidung treffen können? Wer außer ihr konnte die Konsequenz erahnen? Und in dem Chaos, das in meinem Kopf zu toben beginnt, sticht ein Wort heraus: »Warum?«

»Die Prophezeiung. Die Waffe. Sie trug mir auf, sie zu finden und zu nutzen.«

»Warum?«, wispere ich.

Doch es ist, als hätte er meine Frage nicht gehört. Und wie könnte er antworten? Niemals offenbart das Orakel seine wahren Absichten. Es prophezeit, es liest die Karten – und manchmal, manchmal glaube ich, dass ihre Prophezeiungen sich selbst bedingen. In dem Moment, in dem sie ausgesprochen und von aufmerksamen Ohren aufgenommen werden, erfüllen sie sich selbst.

»Also ging ich, die Waffe zu finden. Vor der Hecke waren nicht mehr als vier Männer geblieben. Die Letzten eines zum Scheitern verurteilten Versuches.«

»Der Prinz und seine Männer.«

Er sieht mich nur an. »Sie boten mir Gold und ich erlaubte ihnen, mir zu folgen. Wie hätte ich ahnen können …?«

Er verstummt, nur um dann fortzufahren: »Nichts hielt uns mehr, nachdem die Hecke bezwungen war. Und wir fanden den Turm. Ich stieg als Erster hinauf, während der Prinz und seine Gefolgsleute beim Brunnen warteten. Und ich fand dich.«

Ich schließe die Augen. Eine einzelne Träne kämpft sich durch die Wimpern, zieht ihre nasse Spur über die Wange.

»Das Orakel hatte mir nicht von dir erzählt. Sie sprach nur von einer Waffe. Also begann ich, sie zu suchen. Überall. In jedem Raum. Der Prinz hielt sich nicht an meine Anweisungen – er folgte mir und sah dich. Ich befahl ihm, dich nicht anzufassen, aber …«

Kurz unterbricht er sich. Ich muss ihn ansehen. Muss wissen, was er fühlt, ob es dem Schmerz in meinem Herzen gleichkommt. »Doch er küsste dich und du erwachtest«, schließt er ohne Regung. »Und ich begriff, dass nicht nur du, sondern auch ich betrogen worden war. Es gab keine Waffe. Es gab nur dich. Du warst der Grund. Dich galt es zu befreien.«

Seine letzten Worte fallen nieder wie unheilschwangere Tropfen. Das schwarze Mal auf meinem Arm brennt. Es erinnert an unseren Schwur und doch brach ihn das Orakel. Sie verriet das Lied der Ratten, sie befahl den Tod der Brunnenhexe. Und obwohl ich noch nicht begreife, welchem größeren Zweck all dies dient, so weiß ich doch, dass ihre ersten Züge nur dazu bestimmt waren, die Königin zu erwecken. Mich. Ich bin eine Figur in ihrem Spiel. Ich bin die Königin auf ihrem Schachbrett.

»Doch ich irrte mich«, fährt er leise fort. »Ich wurde nicht betrogen, denn du bist die Waffe.«

»Nein«, rufe ich aus. »Nein, das bin ich nicht!«

»Ich weiß nicht, wann ich es begriff. Ich denke, schon im Wald, als der Nordwind dich zu töten versuchte, ich glaube, schon dort wusste ich es. Aber erst jetzt verstehe ich, wie mächtig du bist. Wie gefährlich. Ich habe die Königin gesehen.«

»Nein«, flüstere ich und versuche verzweifelt die Wahrheit zu leugnen. »Nein, das bin ich nicht mehr!«

»Die Magie macht dich grausam. Du tötest deine Schwestern nicht nur, du lässt sie leiden. Du kennst keine Gnade.«

»Ich leide mit ihnen«, rufe ich aus. »Ich gab Gretchen Hans zurück, Eva ihren Namen.«

Er schüttelt den Kopf. »Erst wenn die Magie zu sterben begann, deine Macht schwand. Erst dann war da Gnade. Außer bei der Meerhexe – da war nichts.«

»So bin ich nicht – nicht mehr!«

»Willst du noch Rache?«, fragt er ruhig. Er gibt mir die Chance, die Chance alles zu leugnen, von meinem Weg abzuweichen.

»Tausend Jahre«, brülle ich die Worte der Königin. Ich schlage die Hand vor den Mund, meine Augen weiten sich entsetzt. Ich unterdrücke das Lachen der Königin. Ich zwinge sie nieder, ihre Wut und ihren Hass. »Tausend Jahre und noch immer jagen

sie mich. Sie werden nicht aufhören, ehe ich gefallen bin. Sie haben Elle …« Ich schlucke den stechenden Schmerz. »Wie kann ich vergessen, was geschehen ist, solange sie nicht vergessen?«

Er seufzt. Ich höre seine Resignation. Seine Entscheidung ist gefallen und ich suche verzweifelt nach den richtigen Worten, um ihn umzustimmen.

»Etwas in mir verlangt nach Vergeltung. Aber ich bin nicht mehr die Königin, die ich einst war. Ich empfinde all diese Dinge: Reue, Leid, Liebe.« Ich ringe die Hände, mache einen Schritt auf ihn zu, verharre dann doch. »Ich habe mich verändert. Du hast mich verändert. Und Elle …« Meine Stimme bricht. *Ich kann noch nicht über Elle sprechen.* »Was, wenn die Magie nicht zurückkommt? Was, wenn ich sie nie wieder finde und ich der Mensch bleiben kann, der ich jetzt bin?«

»Dafür gibt es keine Garantie«, sagt er und ich höre die Traurigkeit in seiner Stimme. Langsam kommt er näher. Mein Herz zerfließt vor Schmerz.

»Du willst sie töten? Dann brauchst du mich! Ich bin die Waffe.« Und noch in dem Moment, in dem die Worte aus meinem Mund fallen, weiß ich, dass es die Wahrheit ist. Ich kann sie vernichten, weil ich die Königin bin. Weil ich böse bin.

Er schüttelt sanft den Kopf. »Du sprichst von Reue und doch willst du weiter mit mir gehen. Mein Weg ist der der Rache. Ich werde sie alle jagen. Auch dich.«

»Warum?«, flüstere ich.

»Glaub mir, ich will das nicht tun.«

»Dann lass es«, flehe ich.

»Das Risiko ist zu groß«, sagt er nur. »Du bist das Risiko.«

Tränen sammeln sich in meinen Augen und die Welt verschwimmt. »So weit musstest du mit mir gehen, um es tun zu können, nicht wahr?«

»Ich hätte es sofort tun sollen.«

»Warum hast du es dann nicht getan?«, flüstere ich erstickt. »Im Turm, warum hast du es da nicht schon getan?«

Er legt sein Schwert ab, lässt den Rucksack fallen. Dann zieht er mich in seine Arme, die Hände fest an meinem Nacken küsst er mich sanft. Wir beide wissen, warum er mich verschonte und es jetzt doch nicht mehr kann. Er hat sich der Hexenjagd verschrieben und nichts, nicht einmal sein Herz wird ihn abhalten. Ich bin eine Hexe. Er ein Jäger.

Wir sind nicht füreinander bestimmt.

Unser letzter Kuss. Er schmeckt nach Tränen, nach Abschied. Ich höre, wie er zum ersten Mal meinen Namen flüstert, meinen echten Namen. Und ganz langsam löst er eine Hand von meinem Nacken.

Ich weiß, dass er den Dolch zieht. Ich spüre die Bewegung.

»Liebe, du bist Liebe«, sind meine letzten Worte, dann reiße ich mich los. Der Wille zu überleben ist groß. Er greift nach mir, die Klinge blitzt, doch diesmal bin ich schneller. Ich fliehe den Abhang hinab, fort von dem Mann, für den ich so viel empfinde. Ich höre ihn nah hinter mir, fühle seine Hände, die nach mir greifen. Und ich weiß, dass ich ihm niemals entkommen kann.

Doch plötzlich ist da Magie, sie pulsiert in meinen Fingern, in meinen Adern.

»Komm zurück«, brüllt er und erwischt meinen Zopf. Ein Ruck geht durch meinen Körper, ich stürze, lande auf dem Rücken. Nur wenige Zentimeter hinter mir stoppt der Hexenjäger, den Dolch in der einen Hand, ein Stück meines abgetrennten Zopfs in der anderen. Eine magische Barriere trennt uns, und es bin nicht ich, die sie aufrecht hält.

»Lilith«, ruft er und der Ausdruck in seinem Gesicht wandelt sich in pures Entsetzen. »Lilith, flieh!«

Ich robbe zurück, weg von ihm, hin zu der Schwester, die nur wenige Schritte weiter steht.

»Verdammt. Nicht! Du weißt nicht, mit wem du es zu tun hast!« Obwohl er mich eben noch töten wollte, höre ich seine Furcht. Seine Furcht um mich. Denn was mich erwartet, weckt die Königin, und der Mensch, der ich hätte sein können, verblasst.

»Soll ich ihn töten?«, fragt eine weiche Stimme.

»Nein«, antworte ich keuchend. Mein Herz schlägt in seiner Brust, und solange er lebt, wird es weiter schlagen, für ihn.

»Ich habe dich lange gesucht, Schwester«, sagt die Eishexe und hilft mir hoch. Ihre Hände sind eisig, und ihre Magie beginnt, durch meine Adern zu fließen. »Wir sollten reden.«

»Lilith«, brüllt der Hexenjäger, doch ich folge meiner gefährlichsten Schwester in ihren Schlitten.

Er hat recht, erkenne ich distanziert. Die Magie zeigt mein wahres Gesicht. Ich bin dazu bestimmt, meine Schwestern zu vernichten. Ich bin die Waffe. Und niemand, nicht einmal der Hexenjäger, kann mich aufhalten.

Seite an Seite mit der Eishexe fliege ich gen Norden. Meine Gedanken kreisen einzig darum, wie ich sie für ihre Schuld büßen lassen kann.

Ich bin die Königin.

Ich will Rache.

anksagung

Meine Testleser.

Von nah, von fern. Egal von wo. New York, Salamanca, Wilhelmshaven, Hannover oder hier vor Ort.

Ihr habt euch die Zeit genommen und mein Werk während der Entstehung begleitet. Ohne euch wäre ich niemals so weit gekommen. Ohne euch wüsste ich bis heute nicht, warum der Hexenjäger im Turm ist.

Ich danke euch dafür, dass ihr an mich und meinen Traum geglaubt habt. Dafür, dass ihr euch auf die Geschichte der Fee eingelassen habt, obwohl einige von euch kein Fantasy mögen. Und ich konnte euch doch überzeugen. Eure Kritik und euer Lob haben mich motiviert, mich inspiriert. Danke.

Mama, Ute Pfeifer, Wiebke Blankemeyer, Wiebke Wefer, Judith Schulte, Nele Logemann, Anne Blankemeyer, Lydia Mick, Angelique Fauerbach, Fenja Bornholdt, Melike Yasar, Silke Wolff, Denise Herzog, Franziska Scheil.

Und ich danke Jukea Siefken und Lena Feldtange für die Hilfe bei meinem allerersten Exposé und allen späteren Rat.

Ich danke dir, Line, dass du immer an mich geglaubt hast – wir leben unsere Träume und das ist alles, was zählt!

Ich danke Papa & Susanne für ihr unglaubliches Vertrauen in mich, ohne je das Buch gelesen zu haben.

Des Weiteren danke ich allen Brainstormern der FB-Gruppe »Autoren – Brainstorming und Austausch«. Ihr seid das beste Team, die besten Zuhörer, Tippgeber und Ideenfinder. Ihr teilt euer Wissen über Blogger, Werbung, Marketing, Verlagssuche, SelfPublishing. Kurz: ihr seid der Wahnsinn!

Ich danke meinem Lektor, der so viel Geduld mit mir hatte. Michael, ich bin froh mit dir arbeiten zu dürfen. Und ich verspreche, in den nächsten Büchern keine Bindestrichplage auftreten zu lassen! Danke für deine Zeit!

Ich danke Alex für das wundervolle Cover! Es übertrifft alle Erwartungen!

Ich danke Svenja für die vielen Illustrationen, die unerschöpfliche Energie, mit der sie sich hingesetzt hat und dutzende Skizzen anfertigte. Wir trafen erst kurz vor Schluss aufeinander. Danke Wiebke, dass du uns zusammengebracht hast.

Ich danke Isabell Schmitt-Egner für die wertvollen Informationen und Ratschläge, sowohl bei Facebook als auch per Telefon, die mich vor manch einem Fehler und DKZV retteten.

Ich danke Michael Bardon für die Zeit, die er sich nahm, um mich am Telefon zu beraten und mir Mut zu machen.

Ich danke allen anderen Mitgliedern der großen Autoren FB-Gruppen, die sich die Zeit und Muße nehmen all die Fragen der Jungautoren zu beantworten. Ihr bewahrt uns vor Fehlern, helft, kritisiert, lasst uns wachsen. Ihr seid wundervoll! Eure Hilfe ist Gold wert. Danke.

Und last but not least danke ich meiner Familie, die all meine seltsamen Launen, meine ungewöhnlichen Schreibzeiten, meine Schreibsucht, meine fast zombieähnliche Abwesenheit und meinen mehr als chaotischen Haushalt hinnahm.

Kosta, danke, dass du noch morgens vor der Arbeit die Wäscheberge bekämpfst, die ich in meinem Wahn nicht schaffe. Danke für die Geduld und die Unterstützung.

Emma & Petros – ihr seid mein Herz! Ich schreibe, während ihr träumt. Ich schreibe und ihr träumt …

Du brauchst Lesenachschub und hast Entscheidungsschwierigkeiten, möchtest dich überraschen lassen oder wünschst Empfehlungen? Da können wir helfen!
Wir stellen für dich ganz individuell gepackte Buchpakete zusammen – unsere

Drachenpost

Du wählst, wie groß dein Paket sein soll, wir sorgen für den Rest.

Du sagst uns, welche Bücher du schon hast oder kennst und zu welchem Anlass es sein soll.
Bekommst du es zum Geburtstag #birthday
oder schenkst du es jemandem? #withlove
Belohnst du dich selber damit #mytime
oder hast du dir eine Aufmunterung verdient? #savemyday
Je mehr wir wissen, umso passender können wir dein Drachenmond-Care-Paket schnüren.
Du wirst nicht nur Bücher und Drachenmondstaubglitzer vorfinden, sondern auch Beigaben,
die deine Seele streicheln. Was genau das sein wird, bleibt unser Geheimnis ...

Die Wahrscheinlichkeit ist groß,
dass sich das ein oder andere signierte Exemplar in deiner Box befinden wird. :)

Wir liefern die Box in einer Umverpackung, damit der schöne Karton heil bei dir ankommt und
als Geschenk nicht schon verrät, worum es sich handelt.

Lisan bringt das kleinste Drachenpaket zu dir, wobei *klein* bei Drachen ja relativ ist. € 49,90
Djiwar schleppt dir in ihren Klauen einen seitenstarken Gruß aus der Drachenhöhle bis vor die Tür. € 74,90
Xorjum hütet dein Paket wie seinen persönlichen Schatz und sorgt dafür, dass es heil bei dir ankommt –
und wenn er sich den Weg freibrennt! € 99,90

Zu bestellen unter www.drachenmond.de